代作家精品

主编 凌翔

走过岁月——云默诗文

王云默 著

文化发展出版社
Cultural Development Press
·北京·

图书在版编目（CIP）数据

走过岁月：云默诗文 / 王云默著. — 北京：文化发展出版社，2023.10
ISBN 978-7-5142-4085-6

Ⅰ.①走… Ⅱ.①王… Ⅲ.①诗词-作品集-中国-当代②散文集-中国-当代 Ⅳ.①I217.2

中国国家版本馆CIP数据核字(2023)第171019号

走过岁月——云默诗文

著　者　王云默

出 版 人：宋　娜
责任编辑：张雨嫣　　　　　责任校对：岳智勇
责任印制：邓辉明　　　　　封面设计：邓小林
出版发行：文化发展出版社（北京市翠微路2号 邮编：100036）
发行电话：010-88275993　　010-88275711
网　　址：www.wenhuafazhan.com
经　　销：全国新华书店
印　　刷：唐山楠萍印务有限公司

开　　本：710mm×1000mm　1/16
印　　张：13
字　　数：85千字
版　　次：2023年10月第1版
印　　次：2023年10月第1次印刷

定　　价：59.80元
ＩＳＢＮ：978-7-5142-4085-6

◆ 如有印装质量问题，请与我社印制部联系　电话：010-88275720

故乡的驿马山少陵河（乡友提供）

20世纪80年代初故乡的西牌楼（乡友提供）

序（一）我所知道的王云默

女儿要出书了，缠着我给写个序。她说："你最了解我文学创作的背景、起步及成长过程。老爸写的序，对我、对读者来说都会有信服力。"我无语了，只好勉为其难。

云默出生的时候，我已经三十多岁了。那年月，算是十足的晚生晚育，因此我对她格外娇宠。只要一有空闲，我就哄着她一起玩耍，也顺便教她认了许多字、背诵了一些浅显的古典诗歌（包括认识诗里的每个字），还经常引导她读我童年攒下的小人书，如《鸡毛信》《刘胡兰》《闯王遗恨》《岳飞抗金》……当然也教会了她两位数的加减法。

有了这些基础，她五岁半就入了小学，是同年级年龄最小的。

她一开始还不错，头一学年结束的时候，期末考试得个第一。后来她还得过全镇小学生作文比赛第一名。

到了五年级，我发现不对劲了。她对课堂知识不感兴趣，一回到家，不是一头扎进《中华上下五千年》那本书里，就是翻看我订阅及搜集的文学刊物，如《诗刊》《鸭绿江》《萌芽》等。

我和她谈了一次，发现她比我的理由还充足。她说："我看的课外书有趣，招人喜欢，这也同样是知识啊！"我没办法了，这可是从小我没打过一巴掌、没惹哭过一次的亲女儿呀！

上了中学，她更变本加厉了。迷上了琼瑶、张爱玲、严歌苓、钱锺书的作品，梁羽生、金庸的武侠小说也一本接一本地读。结果可想而知——大学是与她无缘了。

参加工作后，她主动找我谈了一次话，十分诚恳。她说："我知道自己没能上了大学，给你心里添了堵。我向你保证，我自考也要把这损失补回来。以后，我决不能比别人家的孩子差。老爸可以给我做个鉴证！"我说："知道努力，啥时都不晚。坚持就好。"从此，她用了五年时间，拿到了成人自考的毕业证书。

有一天，她突然对我说："老爸，我想搞点业余文学创作，让自己的生活更充实些。"我吃了一惊，忙问："想写什么体裁呀？"她答："古典诗词，还有散文。两样交替着来。"说着，她乐呵呵地拿出两摞A4纸，分别用夹子夹着。我略一翻看，一摞是古典诗词，一摞是散文。数量都不多。我一笑："噢！这就算开始了？"她笑着说："其实，我在读成人自考的同时，就开始读四大名著，读唐诗宋词，读朱自清和冰心的散文，为写作做准备。又在有感受的时候写点东西保存起来，就算练笔了。"这回轮到我感动了。这几年，她一边工作，一边学自考，还要读文学书籍，又抽空写作品，该是怎样的紧张和劳累啊？我的眼睛湿润了。

她真正走上业余文学创作的道路，应该是从中国邮政储蓄银行巴彦支行调到哈尔滨市分行才开始的。

到哈分行，她的顶头上司是资历很深、名望很高的老作家刘世胜。他当时，直到退休后的现在，一直任黑龙江省金融作家协会副主席。刘先生对云默的作品很欣赏，鼓励她发表，并介绍她成为省金融作协会员。云默入会后，遍采诸多文友之长，写作水平有很大提高。

当时的省金融作协主席祁海涛先生，对云默的写作也给予了很大的帮助。为了提高她的文学素养，有时大的征文活动，祁先生会把所有征文稿全部交给云默进行第一次筛选，并判分、排名次，然后交给评委们充分讨论定夺。

其实，云默这次出书我并不意外。她去哈尔滨市后，在网络平台和刊物上发表了那么多诗词和散文，都一一用手机转发给我看过。我知道，她今天出书是必然的；同时我也深知，这是让我来鉴证：她补回损失并继续奋进的承诺不是空谈。

以上写的是我知道的王云默。对其人其事未做褒贬，也没避嫌，只是实事实写。

祝她的写作之路越来越光明！

祝她的人生之路越走越平坦！

王湘晨
2022 年 7 月写于大庆市

王湘晨，1968 年毕业于北京广播学院（今中国传媒大学）外语系。黑龙江省作家协会、诗词协会、楹联协会会员。

序（二）

在黑龙江金融作家里，王云默是配得上"才女"这个称呼的，这缘于她对古诗词有较深造诣。我经常能在媒体上欣赏到她的古诗词作品，总感觉她是一位从古典诗词里走来的才女，代表着东方女性的古典美，不仅在金融作家队伍里属于稀缺资源，就是在她这个年龄的女性中，也是不多见的。同时她又很低调，不事张扬，这种沉静令我们更愿意去了解五彩缤纷、浮躁的时下，是一种什么样的力量和文学修为支撑她，在古诗词的田地里耕耘并收获着呢？令我意外的是，我在王云默女士的散文作品中，找到了答案。我们知道她的作家父亲是一位古诗词的行家，王云默女士从小受其言传身教，由浅入深，一步步走入了古诗词的世界。祖父脾气倔，却很会讲故事，自孙女小时候就教授她做人的道理，从"杨三姐告状"的三回五转中，点拨人世间的复杂。作者天资聪慧，却不浮华，也在"扫把奶奶"的思考中，体味世道人心。

在云默的古诗词作品里，律诗和词二分天下，描写故乡的很多。无论是《思乡》中"落日昔年别故里，漂泊几载客冰城。少陵仍绕乡山翠，驿马图腾梦总青"，《梦故乡》中"一梦兴然回故里，如烟惬意伴春娉。杏含羞媚枝传舞，柳载婀娜絮吐情。紫燕寻根恬旧筑，娇鹂咏翠慕新菁。痴人常欲流光止，任把黄粱复继蒸"，还是散文《故乡老屋》《久违的故乡》《盼年》《穿过牌楼的红桃酥》，都对故乡和故乡的亲情进行了有意识的回眸。改革时代，在外漂泊，已把他乡当故乡的无奈者很多，倒是在我们的内心深处，我们的灵魂之根永远与故乡相连。云默的故乡情结尤其明显、热切和自觉。很多散文体现了浓浓的乡情。作者怀念出生的老屋，怀念儿时的小伙伴，怀念小时候祖父讲的"瞎话"，怀念骑在父亲脖子上学口算、背诵诗词的日子，怀念生病时母亲给买的红桃酥。诸多家常事，都在作品中展现得淋漓尽致。还有山故事、鬼故事、野猪的故事，无不在别有风趣的叙述中为读者带来了情、景、心的三重享受。诗歌写空、写虚，散文写实、写真。小说将自己藏在文字后面，散文将自己晾在读者前面。我在云默散文里便读出了她的真风骨，甚至"较劲"。与爷爷较劲，与山庄朋友较劲，与劳动的释义较劲……这些可爱的较劲为读者展现了一位有亲情、有柔情、有品位，关键有筋骨、有风骨，追求真善美的作家。这正应了作家阿成对散文写作的总结：悲天悯人、真情实感。云默的散文语言风格清丽、简练，不乏幽默、生动，叙述自然、感觉精准。题材方面选择宽泛，视野宏远、开阔，有现实，有历史，有故乡，有山水，有格局，重思考。总体看，非一般的孤芳自赏，而是写出了大气、豪气和正气。

云默的古诗词造诣来自家风、家承，更来自她的坚持和较真。我练习古诗词多年，深知其中不仅是辛苦，更在于对中华古诗词一些核心问题的把握，那就是不能太过放浪形骸、洒脱自由。合辙押韵、平仄对仗、合掌孤平、拗救自救，每一点都有底线、讲究、标准。有时虽然给意境和思想的表现带来了很大麻烦，也不能逾越雷池，只能食不甘味，苦苦炼句、炼词、炼字。云默做到了"鸟宿池边树，僧敲月下门"，而不是"僧推月下门"。刚入乐耕园时我写过一首《乐耕》："锄休草侧野鸡行，鹊落枝头扰禽鸣。偶隐李园听犬吠，懒应庭外叩门声。"敲门声、打门声、叩门声，敲乃常意，打有禅意，叩有女意，一个字的选择上纠结了好一阵子。云默诗词构思巧妙、意境开阔，句子凝练、用字神奇，精气神洒脱，给人以如临其境之感的同时，全部采用新韵，可以说对推广新韵、繁荣古典诗词起到了积极的作用。

若有诗文藏于胸，岁月从不败美人。我在老师和文友的帮助下，多年坚持读书写作中亦有"多洗清风安意躁，常锄荒草净心田"的点滴心得。相信《云默诗文》的问世，定能为读者带来安静和华美的享受。

是为序。

祁海涛

2022 年 7 月

祁海涛，中国作家协会会员，中国金融作家协会理事，黑龙江省作家协会全委会委员、散文委委员，黑龙江金融作家协会首届主席、名誉主席。

目录

律诗（新韵）

初雪 / 002

故乡荷塘 / 003

端午感怀 / 004

秋忆 / 005

墨笔 / 006

观八大山人之《山水》感怀 / 007

仲秋夜 / 008

绿萝 / 009

盆中睡莲 / 010

冰凌花 / 011

冬雪 / 012

春临 / 013

秋曲 / 014

月牙 / 015

人胜节煮面 / 016

春雨 / 017

春日遇风雪 / 018

金融文化送黑河 / 019

瑷珲历史陈列馆 / 020

渡秋 / 021

送秋 / 022

重阳夜 / 023

哈尔滨蜡梅 / 024

贺青山诗社成立三十周年 / 025

隆冬 / 026

公园漫步 / 027

雾中观荷 / 028

画藕 / 029

别荷塘 / 030

清晨湖畔观荷 / 031

池塘野荷 / 032

无题 / 033

雨 / 034

庆端午 / 035

赏花 / 036

仲秋赏月 / 037

秋望 / 038

思乡 / 039

寺院抒怀 / 040

与友人苏城品茶 / 041

渤海湾 / 042

游乐园冲浪 / 043

思母 / 044

残荷 / 045

迎春 / 046

移荷 / 047

闲庭偶感 / 048

初春游园 / 049

看清明祭扫　/ 050

梦故乡　/ 051

古诗（新韵）

观落花　/ 054

明月　/ 055

雨后　/ 056

雪夜　/ 057

雷雨夜　/ 058

秋晨　/ 059

春归　/ 060

插花丁香　/ 061

哈尔滨市花　/ 062

不惑之年　/ 063

回故乡　/ 064

塘荷　/ 065

中秋夜　/ 066

醉酒　/ 067

秋荷　/ 068

拜别　/ 069

驿站小住　/ 070

春　/ 071

读《红楼梦》有感　/ 072

读经　/ 073

入冬　/ 074

落梅　/ 075

端午　/ 076

懒起踏青　/ 077

词（新韵）

浪淘沙·早寒　/ 080

丑奴儿·送别　/ 081

诉衷情·昭君　/ 082

唐多令·梦故园　/ 083

鹧鸪天·春末　/ 084

一剪梅·小院花开　/ 085

浪淘沙·岁末感怀　/ 086

鹧鸪天·柳絮　/ 087

清平乐·春夜雨　/ 088

临江仙·夏　/ 089

长相思·秋思　/ 090

钗头凤·春　/ 091

浣溪沙·初雪小醉癫狂　/ 092

江城子　/ 093

忆秦娥·晨趣　/ 094

渔家傲·七夕　/ 095

卜算子·九一八　/ 096

满庭芳·春早　/ 097

如梦令·春逝　/ 098

浪淘沙·塞北春回　/ 099

鹧鸪天·秋凉　/ 100

蝶恋花·登山　/ 101

浣溪沙·农家庆丰收 / 102
浪淘沙·昨梦 / 103
鹧鸪天·夜 / 104
浣溪沙·白露 / 105
清平乐·寄思 / 106
定风波·感怀 / 107
卜算子·风雪途中 / 108
西江月·岳飞墓怀古 / 109
忆江南·修心 / 110
忆江南·晨 / 111
忆江南·秋 / 112
忆江南·黄昏 / 113
忆江南·盛夏 / 114
忆江南·缘 / 115
卜算子·迎七夕 / 116
破阵子·独过中秋 / 117
浪淘沙·故乡江湾有感 / 118
卜算子·受邀讲座 / 119

散文

故乡老屋 / 122
梦魇平遥 / 125
拥抱朝阳 / 130
认知与理解 / 134
祖父的"瞎话" / 139
八月十五云遮月 / 144

圣诞节——送给我的宝贝　/ 146

久违的故乡　/ 149

盼年　/ 152

穿过牌楼的红桃酥　/ 155

抛弃　/ 159

野猪与山庄主人　/ 163

宽容的温暖　/ 166

烤玉米的小夫妻　/ 168

劳动节话劳动者　/ 169

接力与希望　/ 172

泰山峰顶的青松　/ 174

我的故事　/ 177

跋（一）半吐风尘半续霞　/ 180

跋（二）　/ 184

跋（三）风霜跌宕三千日　始得东风一面真　/ 189

律诗（新韵）

初 雪

惬舞银姿落,
风飘咏絮魂。
借来仙露蕊,
轻叩玉人门。

故乡荷塘

菡萏池中绽,
莲香润静心。
夺蓬鱼戏水,
远寺响钟音。

端午感怀

许愿何须粽?
雄黄未必欢。
心如潭水静,
天地自然宽。

秋　忆

信手拈诗话，
书藏故土情。
游园乡径路，
落瓣恋风清。

墨　笔

背井乡音远，
平铺案上宣。
挥毫烟雾起，
滚滚似家山。

观八大山人之《山水》感怀

瑟瑟寒鸦叫,
冰盘挂柳梢。
怪石基不稳,
山水半零凋。

仲秋夜

月下一杯酒，
桂花沾满巾。
衫湿觉露重，
仰首望青云。

绿 萝

本是林中客,
何缘市井家。
无须依固势,
蔓景映天涯。

盆中睡莲

荷塘抛弃物，
入皿也开花。
风过馨香在，
仍思菡萏家。

冰凌花

唤醒松花作魅云，
霜衣雪袂冷香魂。
千山隐绿须风透，
顶破冰凌唱早春。

冬 雪

最是琼花恋旧尘，
晶莹入世为求真。
炎凉铺尽苍茫路，
清泪无声润碧荫。

春　临

谁是春来解语花，
天书雁字作归霞。
青萌弱绿应苗久，
一夜东风画柳芽。

秋　曲

寒蝉鸣泣声声尽，
雨打秋江水上鸥。
对月吟空尘世梦，
临风唱破古今愁。

月　牙

遥遥一抹出东谷，
也做仙舟荡九天。
冷袂轻牵新月影，
人间天上待团圆。

人胜节煮面

喧池千缕舞缤纷，
浪里翻吞半滚沉。
逢尽寒泼三世舛，
柔心修梦渡青云。

春　雨

轻烟飞雾润新津，
柳梦含情欲秀氤。
非是青萌独爱雨，
绵丝点绿半斛春。

春日遇风雪

冬魔不肯退前台,
回马撒风卷雪来。
暴虐逆施焉许久?
明朝红日又融怀。

金融文化送黑河

迢递山河路几千，
金融文化送边关。
书香共与花香馥，
嗅醉白云落水澜。

瑷珲历史陈列馆

博馆之中展是非,
光阴难泯辱和悲。
可怜呜咽龙江水,
犹润芦花带泪飞。

渡　秋

轻吟把酒临枫落，
浩渺烟波目远山。
幽绪殇情何必浣？
琴音纤指醉孤弦。

送　秋

霜前无度舞嫣狂，
金叶丹枫各绣妆。
不与三秋争暖色，
冰心独嗅待梅香。

重阳夜

芭蕉乱影半遮窗,
远客秋深夜冷裳。
别绪乡愁唯寄月,
滴滴玉漏断人肠。

哈尔滨蜡梅

独占迎寒馨冽冉,
凌霜伴我唱熹晨。
冰城育蕊冰凝骨,
蕊蕴冰城蕊铸魂。

贺青山诗社成立三十周年

诗路修身气自华,
卅年心暖且为家。
乾坤笔下藏朝日,
半吐风尘半续霞。

隆 冬

三叹冰霜欺败木，
七分瘦骨傍诗熏。
柴门不掩东风进，
叩醒梨花又是春。

公园漫步

绿水柔光淡落英,
桃花林下慕清风。
涓涓逝水流不尽,
引我吐诗哀此生。

雾中观荷

昨夜香魂已破晨,
屐轻露嫩雾隔分。
错疑寂寞开无主,
自省情怀本是真。

画　藕

慰酒修诗自饮斟，
微醺挥笔画荷根。
青花自古风流赞，
白藕千疮只我闻。

别 荷 塘

谁种荷花赠故乡？
匍身三叩拜郊塘。
余生难待归舟系，
流水天涯走大江。

清晨湖畔观荷

偷得仙女九成魂,
红蕾初张半未匀。
纱雾难遮叶珠亮,
柳丛莺燕送娇音。

池塘野荷

芙蓉一朵挺泥潭，
半染荒塘半染天。
彩笔多描春意闹，
谁识独秀野荷妍。

无 题

陋室花魂胜馆娃，
兰香竹翠浸衣纱。
案头画卷凭心染，
掷笔铅华试紫茶。

雨

丝雨黄昏细似愁，
竹林如泣诉难休。
红颜已伴青山老，
绿水流出半梦忧。

庆端午

艾叶龙舟祭古贤,
清风拥浪两相怜。
今朝歌舞升平醉,
昔日汨罗水底寒。

赏　花

架下轻拍摄秋影，
荼蘼枯后待春发。
家家盆景奇精秀，
门外谁人问落花？

仲秋赏月

墙外高欢内却安，
举觞邀月对朱颜。
蟾宫此度清光冷，
折桂撑天我自闲。

秋　望

丹枫叶叶吻秋浓，
一羽独翱烈碧空。
北雁南飞何太早？
西风萧萧送孤鸿。

思 乡

落日昔年别故里,
漂泊几载客冰城。
少陵仍绕乡山翠,
驿马图腾梦总青。

寺院抒怀

仆仆风尘进香客，
应知天意不能违。
红尘美梦谁长久？
时拭禅台莫染灰。

与友人苏城品茶

苏城小聚品香茶，
话地话天桑与麻。
平淡人生遇知己，
清言也泛漫天霞。

渤 海 湾

鸥鸟翩翩过鬓边,
逐波拾贝似童年。
多情却又无情海,
淘尽古今总蔚蓝。

游乐园冲浪

大浪由来最寡情，
天压水底有谁赢？
请君试看离离草，
万变风云不与争。

思　母

别绪离愁应是梦，
一十二载世全非。
举觞遥对长空月，
低首轻揩泪迹微。

残　荷

风掠残荷冷雨稠，
香消花落莫悲秋。
傲根傲骨依然在，
春到又萌尖角头。

迎 春

春逝归何处，
重来戴季恩。
轻风拂嫩柳，
杏露润罗襟。
雁裹江南暖，
莺啼塞北林。
香笺铺玉案，
浓墨满诗音。

移　荷

荒郊湖野水云间，
叶绿荷红异样蕃。
翠鸟扑鱼莲梗立，
细蜂采蜜蕊心钻。
富商买藕金缸育，
农妇抠根旧罐繁。
一样花开香远拓，
不亏暖日不亏天。

闲庭偶感

空镜瓷花终碎梦,
烽烟几度洗雕梁。
稚足深浅迎飞雪,
嫩指炎凉悟冻霜。
曾慕林逋绕梅下,
也怜太守醉亭旁。
独逍夜色清寻我,
摘取冰轮做酒觞。

初春游园

雁唳天涯春又到,
归声余韵洒园台。
谁涂香径枝方绿,
但见梨花蕊欲白。
石脊篆题吸士聚,
湖波凫戏引诗徊。
如情似梦疑仙境,
却有莺啼送曲来。

看清明祭扫

经年三百六十日，
仅有清明念故人。
摆祭焚锡谈尽孝，
悼文顿首乞余荫。
尘中荒演全凭技，
槛外虔诚另觅身。
知陋情怀需自省，
有灵万物必求真。

梦故乡

一梦兴然回故里，
如烟惬意伴春娉。
杏含羞媚枝传舞，
柳载婀娜絮吐情。
紫燕寻根恬旧筑，
娇鹂咏翠慕新菁。
痴人常欲流光止，
任把黄粱复继蒸。

古诗（新韵）

观落花

艳绽暮春侵,
桃花落纷纷。
心逐流水静,
不肯委红尘。

明 月

天若遂人愿，
枕月悬空眠。
微睁朦胧眼，
俯瞰碌碌篇。

雨　后

天上虹一弯，
地上水一湾。
清流鱼嬉水，
波纹一环环。

雪 夜

昔梦如白雪，
碎后洒红尘。
心血付东流，
衾寒独自温。
枝头乌鹊叫，
惊起未眠人。
烹茶暖纤指，
观书世界新。

雷雨夜

飞沙来似浪,
大雾顿满天。
惊悚电光闪,
又添冰雨寒。
不分昏与晓,
苍穹无白边。
静待霁月起,
坐抚瑶琴弦。

秋　晨

晨起星疏残月冷，
西风吹乱满地花。
梦底诗书芳菲在，
字字幽情透碧纱。

春　归

廊前双燕诉风尘，
颈羽微粘羞又分。
未揭帘栊恐惊梦，
烹茶闲坐赏娇音。

插花丁香

被剪余枝落尘埃,
惜花拾取瓶水栽。
轻烟紫韵留室内,
书香长伴蕊香来。

哈尔滨市花

天谪仙姝此栖身，
罗裳艳紫淡香熏。
冰城育花冰为骨，
花蕴冰城花是魂。

不惑之年

定是误闯天宫宴,
被谪人间四十年。
无暇秋音绕梁转,
有梦夕阳不落山。

回 故 乡

阜财门外我复来,
忆昔情怯近又徊。
烈日依然晴万里,
灼目难睁一片白。

塘　荷

花命亦如人命薄，
败草塞塘腥做波。
芙蓉出水婷婷立，
清归清兮浊归浊。

中秋夜

西风吹雨析二更，
红残书倦冷花屏。
今夜中秋无明月，
幸有室菊绽嫩缨。

醉 酒

把盏豪情第几番，
亦幻亦真渡尘关。
秋高明月三分爽，
狂歌痛饮也成仙。

秋 荷

诗囊仍举霜后葩,
锈笔锋磨亦生花。
为待春日三分暖,
固留尖头一点砂。

拜　别

伤情最是离人泪，
执手凝咽洒松江。
枫林红叶霜秋晚，
深知他乡非故乡。

驿站小住

冷冷寒星伴残月，
闭目空数更漏深。
明晨踏上前行路，
仍有横水与恶林。

春

迎春催透冰凌夹,
百草享温竞争发。
流年尚可轮回转,
几时开遍解语花?

读《红楼梦》有感

盛尊敕造荣国府，
一朝散尽诸情残。
痴念由来多化梦，
悟彻佛前了尘缘。

读　经

起落万般皆幻生，
贪嗔痴恨释然平。
十方诸法本无我，
净土一抔落心行。

入 冬

昨日金叶撑秋暖，
今朝银雪催冬寒。
枯荷残菊身犹挺，
梅花悄悄蕴新妍。

落　梅

冰融花尽春草青，
落瓣成尘香尚凝。
闭奁封钗红尘里，
犹忆纯洁白雪情。

端　午

草木精华浸米香，
先人求索叹汨殇。
龙舟载尽人间乐，
可记屈原那衷肠？

懒起踏青

五色丝线牵稚憨，
人生几度雨云翻。
懒起城郊采艾叶，
归与葫芦挂屋檐。

词（新韵）

浪淘沙·早寒

　　暴雨似凶鸢，狂虐娇莲。藕根潭底盼晴川。芊嫩浮萍漂碧水，尝尽悲欢。

　　莫怨早来寒，梦断云烟。人生何处避波澜？掩泪从容收旧事，聚散凭缘。

丑奴儿·送别

堤边折柳君轻驻,知己相惜。知己相惜,倾倒金觞未剩滴。
弦音欲送琵琶语,泪眼迷离。泪眼迷离,暮色阳关叠韵凄。

诉衷情·昭君

当年都苑逸娇花,云鬟染朝霞。西风血马千里,垂泪入胡涯。关外雪,塞边砂,怨中笳。最堪怜处:青冢荒丘,犹梦归家。

唐多令·梦故园

羞蕊绽春娉。和风柳絮轻。耳聆听、翠语莺争。碧水涓音飘远律,香径暖、与蝶迎。

一梦故园青。辗思旧画屏。莫空惜、白发新增。纵马春光游紫陌,待沽酒、慰平生。

鹧鸪天·春末

　　柳绿经裁翠叶芬，杏桃飞落瓣沾襟。荼蘼最是千重恨，瑶瓮难盛万种馨。

　　花入盏，梦随云。清凉阶下数黄昏。斜阳笑我痴心碎，拽起夕霞遮旧身。

一剪梅·小院花开

　　桃倚山墙混做邻。绽却羞矜,望却销魂。莺啼小院宛歌新。绿也携春,红也携春。

　　为隐新光暖旧尘。昼掩扉门,暮掩痴心。玉樽盛酒谢花神,醉伴冰轮,醒伴冰轮。

浪淘沙·岁末感怀

　　虬树隐凇烟，霜送夕年。俏梅来凑缀哪端？几度凌寒涤霁梦，碎洒乡关。

　　无月照孤眠，辘井凉栅。从来痴念是空玄。九宇寻星应试问，天地谁宽？

鹧鸪天·柳絮

　　堤岸丝绦绿影纱，暖风熏破柳飞葩。轻扬片片青天弃，紧抱团团细雨压。

　　惜落絮，问杨花。天涯寻路哪为家？舍收俱是情缘定，落地生根随土发。

清平乐·春夜雨

天宫洒酒,熏醉芊芊柳。梦里寻谁青豆蔻,零落几番春皱。空名囊涩托羞,白头也愧箕裘。眉脊铅华淡印,如丝夜雨浓愁。

临江仙·夏

碧畅东湖铺仲夏,柳丝愁绪谁长?嫩荷初绛抹清妆。縠纹倾倒影,羞怯小蜓裳。

封久开轩接气宇,微风拂送蒲香。绿萍常伴总相彰。孤鸥白似雪,上下水中光。

长相思·秋思

藤丝长、柳丝长,谁把轻柔上怨妆。相思最断肠。
草儿黄、叶儿黄,又到秋节敷皎霜。丽人怅倚窗。

钗头凤·春

　　霜潜印,梅侬鬓,冻凌融释牵牵韵。和光引,淞烟遁。暖风吹彻,万山皆俊。润!润!润!

　　寒离茬,春归准。总迎无讯悄悄近。鹅黄渗,浅青吝。一觞新酝,绿攀千仞。沁!沁!沁!

浣溪沙·初雪小醉癫狂

几片洁花缀小楼,雁音捻月断清秋。一壶绿蚁醉千惆。
忽望齐轩摘北斗,复求嫦女跃天丘。人生怕醒梦空留。

江城子

雨微轻浸紫罗裳,断情肠,碾花扬。艳朵娇红,无处蕊飘香。为抹凄凉凭蕴意,执画笔,蒂成双。

韶华搓碎枕黄粱,梦惶惶,倚乌塘。收却思量,无意黛眉妆。拭泪轻息成旧忆,穹满月,皎苍苍。

忆秦娥·晨趣

珠露烁，弯弯小径幽光锁。幽光锁，柳林边际，燕莺飞落。

晓来莫把仙图错，小轩三两知音客。知音客，琴箫声婉，涧溪流过。

渔家傲·七夕

　　浮生浪洗今又浣,鹊桥执手声声颤。忆往昔齐眉举案。红烛剪,两情绻缱双丝绾。

　　平地忽添劫几段,玫瑰总向七夕灿。恨却天宫全是怨。哀泪叹,潺河流碎心千瓣。

卜算子·九一八

倭寇荡北国，尸蔽中原土。碎祚山河雨打萍，铁骨铮铮铸。忘却泪中人，不禄沽名笏。待到旌旗猎猎起，血祭男儿夙。

满庭芳·春早

乍暖还寒，逢温又冷，梅枝霜影依依。淞烟几度，仍是旧弦疾。知否谁家莺早，妙音绕，廊下清啼。笑谈这，冬藏已久，恐契阔隔期。

流光常易逝，风花对月，总是难栖。忍堆起，几番沧浪尘廲。料想平生寻觅，可如这，春遇娇鹂？终因怕，玉楼残镜，故燕对凄迷。

如梦令·春逝

谁遣东风零乱？舞散春花昨苑。筝断渺烟轻，水榭落红粘遍。香断，香断，世事从来如幻。

浪淘沙·塞北春回

寒尽送冬霜,谁诱春光,一斛初旭浅轻尝。弱柳婀姿推嫩吐,也媚边疆。

风透旧雕梁,催抹新妆,争呢紫燕触罗窗。我待北山千仞绿,暖梦他乡。

鹧鸪天·秋凉

南雁书天一字篇,抚琴目送万山关。声飘别韵春难觅,曲泻离音秋欲寒。

风怅榭,月孤栏。书香清骨对流年。秀樽盛泪无声咽,梦里双烛格外丹。

蝶恋花·登山

朝雾烟织遮古树,可是仙家,欲把行人渡。碧藓寒屐忽止步,红尘寻梦残灯阻。

紫苑千年曾是土,范蠡张良,万事皆归朴。何必浮生填重簿,峦山净水亲洁骨。

浣溪沙·农家庆丰收

满斗金黄射碧天,残樽廉酒暖虬髯。稻农喜泣叩神幡。上敬高堂更锦缎,下惜娇子喜成缘。祠堂跪语述经年。

浪淘沙·昨梦

飞雪覆千山，塞外穹寒。苍茫几处夜阑珊。战栗心魔惊梦起，抚鬓慌颜。

休叹影零单，悬月常弯。穷通万古也随烟。折簌梅花添暖意，一笑心宽。

鹧鸪天·夜

旧梦轻惊卷绣帘,蛐鸣蝶隐夜阑珊。坛中醉睡花仙子,清露滴滴更漏寒。

时隙瘦,指间宽。芳华偷走碎流年。儿时玩伴今安在,曾记昔年四月天?

浣溪沙·白露

踏露湿屐上小楼，新增白发染昨秋。烟波暮霭荡归鸥。
去岁碧波掀旧水，今朝蚁酒醉孤洲。潇潇夜色洗频愁。

清平乐·寄思

半峦秋烁,一展丹枫阔。漫野暖光织带络,应扫千姿寂寞。
美人软袂飘罗,金风轻送相托。寄语天涯孤侣,莫颓满月心波。

定风波·感怀

　　雪落新晶覆旧楼，瘦颊孤影送衰秋。把酒欲醺魂不定，休问，泪湿襟袂忆昔愁。

　　虚度平生屈谷稻，几载，栗谈俗子泛诬讴。人世里浮情似梦，参透，此心冷暖不须留。

卜算子·风雪途中

胡天冻地寒,塞雪横飞怒。满目荒凉放远山,树树枯枝伫。欺吾狂风斜,烟雾弥前路。莫叹冰封关外冷,岁岁春仍顾。

西江月·岳飞墓怀古

　　重整山河断祚，风波犹念失州。临安政客擅权筹，覆雨翻云输透。

　　自古奸臣遮垢，汗青永载清流。潮来江水几回眸，浪打礁石依旧。

忆江南·修心

　　痴心梦，易醒总南柯。本是人间来去客，何须伤泪洗蹉跎。无欲便成佛。

忆江南·晨

啾啾鸟，惊扰复虚眠。君在堂前吟日月，妾闻柔步挑珠帘。揭醒梦空昙。

忆江南·秋

秋来近,日日渐天凉。鬓落彩蝶追盛夏,黛眉何用远山妆。孤枕侧寒霜。

忆江南·黄昏

黄昏至，绚彩透丝帘。几缕晚霞添锦色，一双枯手抖灰髯。年少也翩翩。

忆江南·盛夏

　　谁布阵？百里受蒸炎。赤日中天如犬踞，围袭骄浪似虫眈。勘破自心寒。

忆江南·缘

湖心遇,碧水泛慌涟。纨扇轻遮仙子面,藕花深处避羞颜。回顾亦悄然。

卜算子·迎七夕

珠露浸相思,谁把心头过。泪眼佳期又聚时,常恨银河阔。不羡伴风花,未怨红尘错。独守寒宫砚墨新,日念郎君诺。

破阵子·独过中秋

云散他乡孤月,风吹凉雨清秋。红蟹新醅佳绿酒,故里迢迢霭外洲。一杯千缕愁。

镜里偷瞧双鬓,菊簪发上遮羞。细细茶烟人意定,不恋尘嚣闹市侯。冰心兰谷幽。

浪淘沙·故乡江湾有感

风送雨中秋,衰客重游,他乡难系故乡舟。江水千翻掀梦起,浪打沙鸥。

自古水东流,皓月悠悠。总应娴静覆纷纠。恩怨从来一抔土,几座荒丘。

卜算子·受邀讲座

奉命赴黑河，红漫山花趣。喜气学生坐满堂，共把情怀勖。
一瞬掌声鸣，浪竖江风飐。热血青年万里驹，社稷何忧虑！

散 文

故乡老屋

  独自生活在陌生的城市，我昨晚又梦见回家。这个家不是现在自己住的房子，不是结婚后的家，不是长大后搬进的楼房，而是小时候住的老屋。我惊讶地发现，每次梦中回家都是回到这个地方。

  "江省文风，东荒称盛，巴彦尤著。"20世纪70年代末，我出生在这个小小的县城。记忆中家里最早的房子是父亲单位分的广播局家属房，四十平方米的平房，一面砖三面土坯结构，当地俗称"一面青"。听父亲讲，我就出生在这个房子里，想我出生的时候父亲一定很高兴吧，因为后来我在父亲为我写的诗里，看到过这样的诗句："土屋生女父欢颜……先望花容犹嫩笋，后盼学品似高山……"

  我小的时候没有补课班，放学以后房前屋后是孩子们欢乐的王国，邻里之间一排简单的木栅栏隔不住淳朴的情义。谁家乡下亲属带来点自家种的顶尖货，谁家城市的亲属送些花花绿绿的糖果，都会成为大家共同的"贡品"来品尝。大家会隔着栅栏送你家一碗，接他家一捧，有谁家还没有尝到都会是送出者最大的遗憾。孩子们家家串着一起玩耍，偶尔两个淘气的孩子打起来了，家长们从不问原因，都会大声吆喝着自家的孩子，制止住孩子间即将发生的肢体冲突。这个时候，若有卖冰棍的阿婆来叫卖，家长们都会马上买几根冰棍，先给跟自家孩子打架的邻家孩子，冰棍吃完了孩子们又打闹玩耍在一起了。孩子们嬉笑玩耍的欢乐声是大家生活里最简单的满足。

故乡的老屋装满了我的成长印迹。小时候家里并不富裕，母亲却从不让她的女儿受委屈。那时候粗粮是主食，细粮是珍品。听亲属们讲，我小的时候，母亲积攒着细粮喂养我，一直到五岁我都没有吃过粗粮。母亲说我出生的时候就柔弱，必须用细粮才能养过来，所以，一直到我五岁的时候去亲属家串门才第一次吃到粗粮。母亲在自家的小院里养了几只母鸡，却从来舍不得自己吃鸡蛋，全部留给我。在她眼中鸡蛋是最有营养的，她的女儿必须是宠大的。我在几年前写过散文《那碗鸡蛋羹》，至今看到这篇散文时，我仍然会热泪盈眶。女孩子都爱美，童年的我长得不漂亮，黑黑的，没有一点女孩子的娇嫩，可是母亲却把我打扮得花朵一般。没有多余的钱买新衣服，母亲就用攒下来的布票，买来布头拼接着为我缝制花衣服，母亲说女孩子的审美观要从小培养。

老屋充满了母爱，也洋溢着父爱。在我的童年时代，小小的县城里还没有特长班，我又像男孩子一样淘气得没有边际。父亲说女孩子要文雅，要沉静内敛，于是专门为我买了一张书桌放在老屋的窗前，买来字帖，亲手教我学习毛笔书法。我很淘气，在练字时经常弄得衣襟上、手上、脸上都是墨，父亲时常在我沾满墨汁的花脸上再添上一两笔，花猫、小猪、大老虎，就这么出现在镜子里。父亲哈哈大笑地抱起我，用他的胡子茬儿，蹭蹭我还墨迹未干的大花脸，那欢乐声一直传到我今天的心田。父亲用练习书法的方式教会我能坐住板凳，能静心。至今，我在生活中感到焦虑的时候，仍然会铺上宣纸，研上墨，蘸饱浓浓的墨汁挥笔写字，一会儿工夫就会心无旁骛。感谢父亲一直以来对我的教导，让我至今受用。父亲喜欢古诗词，仍然是在这间老屋里教我古诗词入门。几岁的孩子哪里懂什么诗什么词啊！父亲就亲自为我量身定做课本，用他发的工作手册本在每一页写上一首唐诗，从字少到字多，从简单到深奥。一边教我识字，一边教我唐诗；一边哄着我玩耍，一边培养我的爱好。

现在看古诗词的时候，我还能常常想起儿时父亲用文字、用诗词陪我做的游戏。老屋里有说不完的童年，更有晒不完的母爱和父爱。

母亲忽然过世，父亲不愿在故乡触景伤情，搬离了故乡，老屋转给了我看守。我不住在那里，却把那里收拾得一尘不染。每次父亲回来都会回到老屋去看一看，在那里设家宴，与亲属聚一聚，与从前的邻里叙一叙。回来看看老屋倒成了父亲每次回故乡最充分的理由。

"人生如逆旅，我亦是行人"，世事沧桑变化，在我也决定离开故乡之前，我卖掉了老屋，故乡与我的剥离是生生的痛。临别前几天我特意去了一趟老屋，老屋经历风雨依然屹立，却早已是别人的家。站在已经被翻修过的老屋外，我尽力拼凑着童年的记忆，拼凑着淳朴的亲情。隔墙看到院子里跑来跑去的小女孩，我仿佛看到了自己纯真的童年。

那一刻，我忽然明白了为什么父亲和我都舍不得故乡的老屋。故乡的老屋其实就是一个根，不管走到哪里，根总是要留住的，老屋在我的心中早已享有无可比拟的地位。对我来说，老屋的房子才是自己永远的归宿。无论在哪里谋生，只要故乡的房子还在，那就还有一条退路，还有一个寄托；如果故乡的房子都没有了，那就真的是无根浮萍，灵魂永远没有寄托。故乡的老屋更是起着维系亲情的作用，虽然我的人可以搬走，但是亲情搬不走。只要老屋的房子还在，隔三岔五地回去看看，这个家就还是一个完整的家，一个团聚的家。

老屋卖掉了，房子不再属于我了，我深深地明白，无论将来的我做多少付出，尽多少努力，也无法找回这人生来处的根，也无法找回那纯真的童年快乐，也无法找回那最有安全感的家。

再见了，故乡的老屋；再见了，人生的来处。失去了你，我恰如漂泊的浮萍，只剩下归途。当我向故乡告别的时候，我才深刻地明白我已经失去了故乡，失去了故乡的老屋，失去了我梦里的家！

梦魇平遥

位于山西省境内的平遥县城是一座古城，真的，确实够古的。早在西周时期，就有大将军尹吉甫驻军在这个地方。平遥，春秋时属晋国，战国时属赵国，秦置平陶县，汉置中都、京陵二县，为宗亲代王的都城，北魏时改名为平遥县。据说，明朝初年为防御外族南扰，官府修建了城墙，康熙皇帝西巡时路经平遥，又筑了四座大城楼，使城池更加壮观。平遥城是我国汉民族聚居的城市在明清时期的杰出范例，更是中国境内保存最为完整的一座古代县城，很多著名的影视剧皆取景于此。

平生有幸，暑期与闺蜜一起去游平遥古城。

我们到达平遥的时候，已经是晚上七点半，我拽着闺蜜的手迫不及待地跑到平遥古城的城门前。好大的城门啊，古香古色的，完全保持着古代的风格。夜幕虽然已经降临，但是城内仍然灯火通明，游人不断。我们加入了游人的行列，走进了古城。街两边卖土特产的商家、酒吧和酒馆、平遥县衙、票号、镖局完全保存着古代风貌，就连商家的叫卖吆喝声都保留着古代的原汁原味。我本就是喜欢古典文学、喜欢历史的人，这样的氛围让我一下子欣喜若狂，瞬间融入了历史，情不自禁地走路娉娉婷婷起来，说话也轻声轻语，拿看商品都翘起了兰花指，俨然以大家闺秀自居，仿佛穿越了一般，惹得闺蜜哈哈大笑，非要把我一棒打晕，好穿越回古代。

不知什么时候，我们逛到了古城县衙门前。县衙保存得很完好。门前的大石狮子瞪着铜铃似的眼睛，张着血盆似的大口，在夜晚昏暗的灯光下，怪瘆人的。我们赶紧进了县衙里面，在大堂两侧有玻璃罩着的橱窗，里面展放着清朝不同等级的官服，还配有朝珠。四周射灯微暗，让我忽然想起了电影里穿清朝官服的僵尸，头皮瞬间发麻，赶忙拽着闺蜜逃离了县衙。

也许是古城太大，也许是我太留恋古城的每一处，已经晚上十一点了，我们才逛了城内不到一半的地方。不知不觉我们到了一家客栈门前，完全木质的门脸，手工刻制的木牌匾，铁质的风铃，叮当叮当……那声音悠扬深远，让人格外喜欢。更让我感觉稀奇的是，我看到客栈一楼的大厅内坐着几个蓝眼睛、黄头发却穿着旗袍的外国人，叽里咕噜地说着英语，显然是在这里住店的游客。原来欧洲人都这么喜欢中国的历史，这么喜欢亲自体会中国的文化。我作为一名中国人，又这么喜欢古典文学，这个古城客栈今晚我是住定了。闺蜜嫌古城客栈太古典，不够宽敞，不够明亮，但哪里禁得住我的坚持啊。商家又格外会做生意，讨价还价，十分钟后，店家已经带着我们去往楼上的客房。经过院子中央的荷花池，经过太湖石做的假山，在古典屏风的后面上了木质的楼梯，咯噔咯噔的上楼声让我觉得自己在上闺阁小姐的绣楼。打开铜质长梁的门锁，咯吱一声推开深红色九宫格的房门，一步跨进客房。哇！人间天堂啊！不愧是保存完好的古城，不愧是古城客栈，古香古色的。五颜六色的画梁，雕花的龙凤床，我这是穿越了吧！床边半米的距离有一个月亮门，外厅是一个京式罗汉床。我一屁股坐上了龙凤床，顺势躺在了竹枕上，告诉闺蜜："你住外间的罗汉床吧，我一定要好好住一下龙凤床，体验一下古代大家闺秀的感受，超喜欢啊！"也是旅途累了，也是我太想体验一下古代的床了，听闺蜜嘟囔着："这有啥好的，有啥新奇的，屋里这么暗，床这么硬……"

我已经睡着了。

不知睡了多久，迷迷糊糊中仿佛有股冷气向我袭来，我懒懒地转过身。紧闭的房门似乎晃动了几下，我定睛一看，一股黑色的烟雾正从门缝缓缓地飘进，徐徐地向我的床边包围过来。"啊，有鬼……"我本能地想坐起来，却发现浑身似有绳子捆绑着，根本就动弹不得。眼看着黑色的烟雾已经到了床边，我惊恐地想大声喊"快点开灯，快点开灯，有鬼来抓我了"，却发现无论怎么拼命地喊也发不出声音。此时我已经看到床边的黑色烟雾渐渐变幻成了鬼的形状，隐约中看到似乎穿着清朝的官服，带着朝珠，青面獠牙，吐着烟气，直直的手臂已经快要碰到我睡的床。

"快开灯，快开灯……"

危急关头我使劲一用力，大喊出声音来了，声音已经极度惊恐。闺蜜被惊醒，急忙打开灯，跑到我床边，边晃动我边问：

"怎么了，怎么了，是不是做梦了？"

屋内已经一片通明，我惊恐地环顾四周，屋顶的画梁依然五颜六色，紧闭着的房门还是我们睡前关好的模样，隔壁不时传来几个外国人低低交谈的英语声。我被吓得浑身冷汗，坐在床上喘着粗气嚷着：

"鬼，僵尸，有鬼进来抓我，开着灯，别关，一直开到鸡叫天亮……"

我已经语无伦次了。闺蜜揉着眼睛说：

"你这是做梦了，快睡吧，困死了。"

说着就在我的床边歪倒直接睡着了。我哪里还敢睡呀，也不好意思推醒睡着的她，就这样开着灯，看着梁上的五颜六色，一动不敢动地一直坐到天亮。

"喔——喔"，我终于听到鸡叫声了，古城已经太阳高照，隔窗都听到商家的叫卖声了，闺蜜懒洋洋地起来了。我情绪极度低落，就像得了一场大病一样，匆忙洗漱后拽着闺蜜退房，逃离了这家客栈，早餐也没心情吃，昨晚惊恐的情景历历在目。

"喂，不就做个梦吗？你咋吓成这样啊？"

"真的不是梦，我真的亲眼看见鬼了，穿着清朝的官服，僵尸。"

"你相信世上有鬼吗？"

"我不相信世上有鬼，我也是读过《神灭论》的，可是我真的亲眼看到了。"

"你是做梦，梦魇了，梦魇是科学能解释通的。"

"真的不是做梦，你怎么就不相信我呢？我真的亲眼看到鬼了！"我已经快要哭了，仿佛闺蜜认为我是做梦，不是真看到鬼了这件事，要比昨晚的惊恐还让我觉得委屈。

闺蜜开始没当回事，看到我这个样子，她开始感到问题的严重性了。

"让我帮你分析分析吧，分析你的'鬼存在论'。"

我也只有听着的份了。

"人的意识分两种，一种是浅层意识，一种是深层意识。你相信世界上没有鬼，这是因为你读过很多科学的书，你明白世界上根本就没有鬼这个道理，这只是你的浅层意识；你的深层意识是相信这个世上有鬼，这是基于千百年来的民间流传，来源于你看过或听过的很多《聊斋》似的鬼故事，更来源于你自己的想象，所以你在某个时刻，内心中是相信世上有鬼的。"

"可是我真的亲眼看到了呀！"

"你亲眼看到了什么？"

"鬼。"

"鬼什么样？"

"一股黑烟，青面獠牙，穿着清朝的官服，直直的手臂，僵尸。"我脱口而出。

"哈哈哈哈。"闺蜜忽然哈哈大笑起来，笑得我有点生气。

"哈哈，你昨晚喊着开着灯，别关，一直开到鸡叫天亮。怎么的？鸡叫了鬼就回去了？别生气啊，听我给你讲讲。这些不都是你自己想象的吗？你对历史的了解，你对风土人情的了解，你对文化的了解，甚至你对《聊斋》这本书的了解，就形成了你对鬼的形象概括。每个人心中的鬼是不一样的，因为每个人对世界的认识和认知是不一样的。你想想昨晚隔壁住着的说英语的外国人，他们若是看见鬼了会是什么样的鬼？会是穿清朝官服的僵尸吗？恐怕会是欧洲流传的吸血鬼，或者是像斯巴达克斯形象似的侍卫吧！外国人哪里晓得什么清朝的官啊，他们看到的鬼自然也不会跟你看到的一样。那你说鬼在哪？鬼又来源于哪呢？"

我愕然了，翻看百度对梦魇的科学解释：突然惊醒时，在肌肉神经还未清醒时，会出现的神志清晰而动弹不得的现象就是梦魇，疲劳过度时会出现此现象。仔细想着闺蜜说的这些话，我已经不惊恐了，忽然明白了，昨晚在古城县衙有一点瘆人的感觉，客栈里的环境全是古代的风貌，我是在这个环境诱因下产生了梦魇现象。

是啊，这个世界上你以为你看到的，其实未必是真实的。每个人文化程度不同，了解的知识点不同，世界观不同，想象力不同，看待事物的角度不同，对鬼的描述自然也会不同。当有某种诱因，让人的浅层意识与深层意识达不到一致时，你就会以为你看到了真实，其实所谓的这种真实，完全是凭自己的想象而定论的。这个世界上根本就没有鬼，鬼在人的心中。

收起行囊，继续快乐旅行。梦魇平遥，我看清了世界上的鬼。

拥抱朝阳

烟波风雨，走进不惑，越来越多地开始思索人生到底是由什么组成的。四十年日出日落中，模糊地觉得是离别组成了人生，人生是在不断的离别中走向了最终的离别。

不知道上幼儿园是不是我第一次尝到离别的滋味。依稀记得第一天去幼儿园，母亲把我送到幼儿园交给老师，转身要走的时候，我哇哇大哭，抱着母亲的腿不肯放开，仿佛只要一松手，世界就会抛弃我似的。我哭着说："妈妈陪着我，妈妈你别走。"母亲还是走了，留下的我终于习惯了每天早晨去幼儿园，也习惯了每天都要有一段时间离别母亲。

父亲出差也会让我体会离别。若是出差的时间短，我会在父亲走之前说："爸爸回来给我买糖，我跟妈妈在家等你。"每次父亲回来时都会带着一包糖果，我在吃糖的甜蜜中早已忘了父亲不在家时想念的焦躁。若是父亲出差的时间长，我会在父亲临走之前抱着他的脖子，贴着他的耳朵说："爸爸我不要糖了，我要你早点回来。"等到父亲回来时，带回的糖果准会比以往多上一倍。

孩子时，似乎对每一次的离别都不得不接受。每天父母上班要离别，我们去上学要离别，父母出差要离别，我们出去度假要离别。每一次离别都盼着团聚，每一次的离别也都换来了成长。

我十一岁的时候，祖父病逝了，这是我有生以来第一次尝到亲人离开的滋味，第一次尝到死别的滋味，第一次明白人生有种离别是再也无法见面的。

我小的时候，祖父随着小叔叔参军转业搬去了外省居住，每年夏季都会来我家住上一段日子。祖父脾气倔强而火暴，父亲四十几岁的年纪仍然不敢惹祖父生一丝气，常常给我讲祖父做人的骨气，讲他在大是大非面前的深明大义，也给我讲他脾气的火暴，告诫我祖父年纪大了，不许我惹他老人家生气。我小时候异常淘气，多动得坐不住。祖父每天午饭后会习惯躺在炕头眯一会儿，不盖被子，只把常戴的帽子往脸上一扣，一会儿鼾声就起来了。每到这个时候父亲会轻轻地把我拽走，赶我到外面去玩。我常常会玩了一会儿就偷偷地溜到屋里，悄悄地爬上炕，爬到祖父旁边，猛地把帽子掀开，吓得祖父忽悠一下惊醒，我则胜利似的哈哈大笑。祖父沉着脸睁大眼睛看是我在作妖，一声嗔怪"滚蛋"，我一溜烟地下了炕。祖父坐了起来揉揉眼睛，穿上鞋，帽子往头上一扣，背着手往屋外走。我以为祖父生我气了呢，站在屋里不敢动。祖父回头叫我："走，带你买瓜去。"我便乐呵呵地跟着祖父去了。祖父蹲在瓜摊挑瓜的时候，我会用肉乎乎的小手偷着摸摸祖父已经没有头发的头皮，也肉乎乎的。祖父回过头对我说："也就是你，你爸爸小时候那可从来不敢。"

祖父是11月份走的，那一年冬天来得特别早，也特别冷，父亲衣不解带地伺候祖父一个多月。家里的我在上学，母亲得了重病正在恢复期，父亲没有让我们去。那段日子我一下子长大了很多。我想祖父，更想父亲。等到父亲回来的时候，我迫不及待地跑出大门，看到父亲左臂上带着黑纱，我知道，我再也见不到祖父了。我多想大哭一场，可是我怕父亲更难过，也怕刚刚病体初愈的母亲难过，忍住眼泪帮着父亲往屋里拎东西。那段日子我跟父亲心照不宣地谁也不提起祖父，谁都在回避难过。直到有一天，堂伯来家里吃饭，父亲与他谈及祖父，说起祖父坎坷的一生，说起祖父让人敬佩的骨气，说起祖父被病痛折磨，父亲的眼圈红了。

一旁的我想起火暴脾气的祖父对我的慈祥，想起祖父光头的肉乎乎，想起从此后再也等不来祖父的夏季，想起祖父病痛时的难忍，想起祖父经受时代的不公与坎坷，我早已泣不成声。人生第一次尝到了与亲人的死别，那种感觉疼得揪心，疼得入骨。

我逃避着疼痛，幼稚地以为死别的滋味也许再也不会品尝了。

母亲心肌梗死忽然过世，我的世界塌了。我不知道离别竟这样早地到来，我不知道人生残酷至此。母亲勤劳一生，从不与人争执，她常说：凡事做得自己心安就好，何必去争。我不知道自己与佛家的缘分，是不是源于慈祥母亲的潜移默化，我却知道无论我多么想念她都永远见不到了。世界上最无私的一种爱是母爱，我却成了没有母亲的孩子。无常的到来让我再一次为死别痛彻心扉，在磕磕绊绊而不得不独立的路上逐渐成长。

尝过了死别，我以为这是最痛苦的离别，其实最痛苦的离别是亲人决绝的生离。

命中注定涅槃的人总会经历一场劫难。当大难来时各自飞的时候，离别成了最痛的买断。痛苦或许会使人想过与这个世界彻底的离别，似乎只有彻底的离别才能面对亲人的决绝，面对所有的世态炎凉，才能平息内心翻滚的痛苦。然而，生而为人，可曾完成自己肩负的责任？记得作家余秋雨写家史时提到：父亲在"文革"时冤屈入狱，承受不住打算自杀的时候，接到了叔叔在他乡含冤自尽的消息。当父亲意识到自己是母亲剩下的唯一孩子，需要给年迈的母亲送终时，他深知自己没有自杀的资格了，只能担起责任，痛苦地承受。这种痛，痛过死别；这种痛，痛到窒息。

人的一生会经历形形色色的离别，离别的痛苦或轻或重。早年间我以为，离别是一种痛苦的开始，走进中年，我渐渐地明白，离别是一种重生的开始。诚然，离别组成了人生，然而，组成更精彩人生的是每次离别后的重生，它让你成长，成长到百毒不侵。是痛苦还是涅槃，完全取决于你的心态和勇气。沉浸在离别的痛苦中不肯醒来，不愿长大，痛苦会成倍而生。反之，则会涅槃重生。佛家讲"涅槃八味"，我虽非佛门中人，当也认同佛学的精华，把其哲理运用到生活中去。

  思想决定了心态，人生苦短，当自珍惜。芸芸众生，每一个人的痛苦，如同沧海一粟，又算得什么？落日的余晖，月光的柔美，清晨醒来去迎接雾霭中冉冉升起的朝阳，你会体会到拥抱朝阳的兴奋，远比沉醉在离别中使人向上。要有拥抱朝阳的勇气，更要有拥抱朝阳的欣喜。

认知与理解

在认知与理解之间，我认为认知在前，理解在后，只有对事物先认知，才会有对事物的理解。每个人对事物的理解，都有自己内心的标准，每个人都会觉得自己内心的标准是真理，而每个人内心对事物的理解其实是不一样的，这种理解完全来源于对事物的认知。"夏虫不可以语于冰"，是庄子对认知最好的解释。

父母人到中年才有我，宝贝似的宠着。母亲为我取了小名，不外乎是从我出生时的体貌特征，加上对我的疼爱，综合到一起而得之。中年得女的父亲在给我取学名上费了一番思索，他说：做人应该讷于言，而敏于行；在语言上沉默些，在行动上利落些。因此给我落户口时取名——云默，寄托了他对女儿做人的要求，也透露了他做人的格局。

到了入学的时候，我发现小伙伴们的名字都特别好听。那个年代，小伙伴们的名字基本是宋丹丹小品里提到过的：珍儿、玲儿、凤儿的，我的名字在其中显得那么突兀不合群。每次老师点名，听着小伙伴们一个个花朵一样的名字，我都不愿意提起自己的名字，甚至问过父亲是不是喜欢男孩不喜欢我，不然为什么没把我的名字也取得跟花儿似的。

我在意识到自己的名字并不好听的时候，决定自己重新换一个。父亲教我读书很早，五岁半入学那年，我已经读过《格林童话选》。我能为自己取个什么名字呢？什么样的名字一听就美丽呢？想了将近一周时间，我终于想出来并确定了——锦阁——美丽的房子。或许是我太喜欢童话里欧洲那种梦幻式的房子了，也或许是我想自己的名字美丽的同时，也区别于小伙伴们名字的美丽，总之逃不过几岁孩子的认知水平。我拿着自己的"大作"去找父亲，坐在他腿上央求他去派出所给我改户口上的名字。父亲看着我的举动，边笑边哄着我：名字是不能改的。记忆里最经典的一句就是父亲笑着对我说：

"两个选择你自己选一个吧，要么不改，要么改叫'狗剩'。"

我知道说什么父亲也不会答应了，赌气怼了父亲一句：

"狗剩就狗剩，总比狗不剩强。"

改名字的事在我哭闹一顿饭的工夫里，就这样宣告失败了。

在我的认知里，这个不被我喜欢的名字伴着我读完了小学。上了中学，女孩子们很多喜欢看琼瑶小说，喜欢书里面的古诗词，喜欢主人公诗一样的名字，更有几个好学的小伙伴学着写诗。渐渐地我发现同学们特别喜欢我的名字，喜欢父亲为我取名字的含义，反而是从前那些花朵一样名字的同学要改名，要我跟父亲说也帮她们取名，我的名字倒成了同学里与众不同、独特诗意的代称。我也从越读越多的书中理解到父亲当年为我取名字时的寄托和苦心。只是与父亲再说起孩童趣事，说起那句"狗剩就狗剩，总比狗不剩强"时，我们父女俩都会哈哈大笑。认知与理解，就这么在不经意间弥合了时间的鸿沟。

爱读书，让我比周围同龄人早一点懂得更多的道理，明白博古识今来增加做人的修为。纸上谈兵的我一度以为自己的认知即真理，年少的我哪里懂得人性的复杂，哪里懂得生活的无奈。

母亲的忽然过世对我是个重大的打击，毫无准备的情况下承受爱的坍塌，我几近崩溃，却不知道，其实刚刚退休的父亲何尝不是同我一样，在毫无准备的情况下承受生活的坍塌，也几近崩溃。那些日子里，我搬回了娘家住，伺候陪伴父亲。我以为，我对父亲的孝顺会让父亲感到心里的家是完整的，我以为父亲从此会跟我住在一起生活一辈子。我努力地孝顺着父亲，却发现父亲并没有快乐起来，在这个熟悉的环境里，父亲时时都能想起母亲在世时的点点滴滴，而我却无能为力。我建议父亲出去散散心，去外地的姑姑家住一段时间。几个月后，姑姑打电话对我说："你爸爸一个人太孤单了，生活里不能总一个人，家乡让他触景伤情，你也有自己的小家了，生活也很幸福，让你爸也考虑一下自己的幸福吧，在我们这个城市再成个家吧……"

这一天还是到来了，我内心的滋味无法言表。在读书时看到的道理中，我明白我不能，也没有权利阻止，可是我心里是痛苦的，我强迫自己隐藏痛苦，去做一个懂事的女儿应该做的所有。父亲带着阿姨回来了，我知道，父亲从此不再仅仅是我的父亲了，他也是阿姨的丈夫，而阿姨跟我没有一点关系；父亲的爱从此不再单单属于我一个人了，会分一半给一个与我毫不相干的女人。我热情地接待着阿姨，在亲戚朋友的聚会里寒暄着，在酒桌上温婉而大气地肯定着父亲的再婚，博得了所有人的夸赞。在道理的应该上与内心真实情感上，我惊讶自己是一个无师自通的演员，却在回家后在洗手间里吐得一塌糊涂。从那一天开始，我对父亲和阿姨的孝顺周到备至。他们定居在姑姑所在的城市，每逢过节时分，电话的问候、礼物的邮寄、亲去的团聚，我无一不是筹划周全，就连姑姑都说"孩子懂事啊"。可是，在众多的周全、众多的懂事中，我却用内心的怨，生生划了一道只有我们父女之间才懂得的距离。那种距离看不到，摸不着，说不准，咽不下，吐不出。有时候父亲会深深地看我一眼，眼里有疑问，也有怜惜。我知道，我心里的怨，父亲是懂的。

渐渐地，我感觉到，有阿姨陪伴父亲其实也没有什么不好。阿姨待父亲情深义重，父亲心里不孤单了，两个人的生活里充满了和谐和温馨，这不就是我想要的父亲的晚年生活吗？为什么我还要有怨？在我一次次让父亲懂得只有我们父女之间才懂得的距离背后，是我一次次矛盾后的哭泣。那是我的亲生父亲啊，我怎么可能不爱他！是我怕听到落后小镇上茶余饭后的八卦，是自己内心的自私，导致了情感的扭曲失衡。父亲从来不多说，对我的关心我却能真实地体会到。慢慢地我不再固执了，从内心接受了父亲的再婚，父亲幸福我就幸福，从前的怨反正父亲也从来不提，那就都过去吧。

生活中的很多事都会让人始料不及。父亲从知道我单身了那一刻开始，对我格外关心。他在生活里从来不是一个心细的人，对我却是从生活的细节上惦念，从工作的细微处叮嘱关心，从心情的调节上教我坚强，从压力的排解上给予我关爱，从爱好上督促我坚持，从方向上时时给我指引。父亲用他所能给予我的全部的爱，陪我走过了那段黑暗的日子。也是在那段日子里，我深刻地体会到人在内心孤独时的滋味，明白了孤独对一个人来说的可怕，懂得了人性里绝望时的悲凉，是父亲的理解让我重新阳光地生活。然而，每当回想起父亲在最需要我理解时，我对父亲的残忍，自责就像虫子一样撕咬我的内心。虽然父亲或许早忘了，也或许没当回事，可是我却无法原谅自己。在经过思想的斗争之后，我决定向父亲坦白自己曾经的无知。父亲年龄大了，倘若有一天我来不及向他坦白和认错，那种遗憾的自责，我想我更会承受不住。

在一个阳光明媚适合的时间里，我向父亲坦白了自己曾经存于心里的怨，曾经的幼稚和无知。父亲可能有的回答我预想了千百种，但在我预先料想的答案里却没有父亲的话。让我的清晰记忆再上演一次父亲的回答吧："你妈妈走了，我内心充满了孤独。我知道你那个时候并不理解我，可是你那个年纪，从小没经过波折，对生活的理解程度怎么可能理解得了我那时的决定？你能做到当时那样已经很不错了。可是我相信你终会长大的，终会理解的。血浓于水，亲情是割不断的，我又何必急于要求你当时就理解呢？"

父亲的话让我潸然泪下，有自责，有羞愧，有无知的自惭，有坦然的放松。从我的无知到怨恨，从我的认知到理解，这一路父亲是看在眼里的，也是懂得的，一直默然是在等待他女儿长大，是相信他的女儿终会有一个从认知到理解的质的飞跃。值得庆幸的是，我终于长大了，在没留下遗憾的时候长大了……

　　认知与理解，常常会在复杂的情况下轻松就转化了，它随着成长而成长，随着轻松而轻松。认知是一个过程，而非最后的结果，理解才是最终的结果。当我们生活里忽然发现自己曾经的认知是那样幼稚时，希望我们都能有成长后的理解，都能有坦然去理解的勇气。当勇气与遗憾二者只能选其一时，我相信，善良的人都会选择前者。

祖父的"瞎话"

傍晚，外面下起了雨，雨滴拍打着窗棂，玻璃敷上了一层细细的水珠，也蒙上了一层薄薄的雾气。在这样湿漉漉的空气里，倒上一杯红酒，一口一口呷下去，舒展着已经干涸的内心。然而，酒下去得多了，浸湿的比例大了，舒展就变成了坍塌。窝在沙发里，想起了祖父，要是祖父还能在小院里给我讲"瞎话"，阳光还能暖暖地照着我，微风还能软软地拂着我的脸庞，该是多爽的生活呀！想起祖父，我笑了，三十年前了。

三十年前的阳光没有那么强烈刺眼，三十年前祖父家所在的小镇没有高楼。春天里，祖父会坐在小院里用稻草编鸡窝，养的小笨鸡在院子里随便溜达，祖母在灶台前忙碌着，屋顶烟囱冒着象征生机勃勃的炊烟，我跟在祖父的身旁问东问西地淘气着。三十年前的我身高只能够到祖父家的窗台，两只小手扒在窗台上向屋内望，窗台都是暖暖的。在这个小院里，祖父经常一面编鸡窝，一面给我讲"瞎话"，讲关里的"瞎话"。

祖父20世纪20年代出生在河北省滦县胡各庄。滦县紧邻李大钊先生的故乡乐亭县，乐亭县周边紧邻县的百姓都以此为荣，祖父也不例外，常常会对我讲"李大钊的家就离咱家不远，那是个大户人家儿"。民国初年四大奇案之一的"杨三姐告状"也出在滦县。祖父到黑龙江落户多年以后，还会对我说起："当年杨三姐告状，开棺验尸的时候，你太爷爷就在现场，围观的人啊里三层外三层，踩坏了好多庄稼……"祖父十三四岁时，庄上大旱闹饥荒，加上连年的军阀征战，百姓生活困顿，祖父的父亲带着他，从河北省来到产粮大省黑龙江省，为生活寻求出路。祖父习惯以山海关为界限，一直到过世前，都称河北省与黑龙江省为关里、关外。很小的时候我就知道我的祖籍是河北省滦县，只要祖父听到就会给我纠正：祖籍是关里滦县。祖父很小就在外闯荡，很会讲故事，每次都讲得绘声绘色的。他习惯用河北省方言的称呼，把讲故事称作讲"瞎话"，称作讲关里"瞎话"。

祖父脑中的"瞎话"很多，从七侠五义到杨香武三盗九龙杯，从关里人的武术切磋到乡里流传的事件。记忆尤为深刻的是因为一次讲"瞎话"，我惹恼了祖父。

祖父那次照旧带我在院子里晒太阳，给我讲着他脑中的"瞎话"。我笑得比较开怀，乐得声音大了些，吸引了邻居几个小朋友一起来听祖父讲"瞎话"。祖父一看人多了，也有些炫耀的意思，坐在小凳上眉飞色舞地给我们讲。我们几个大一点的、小一点的小朋友，围成半个圈听。

"话说关里老家，乡下，有这么一家兄弟三个，原来还是大户人家，爸爸很早就去世了，妈妈带着三个孩子被大院里排挤算计给撵了出去。一个女人带着三个孩子生活，苦哇！老大很懂事，早早地出去给人帮工，学做生意，养活两个幼小的弟弟，梦想着有一天在外发迹了，回乡置办地产，给母亲争口气。老大在外很拼命地努力，终于小有成就，有了一些资产，也帮助两个弟弟在乡下都娶妻成了家，而他们的母亲因多年积劳成疾病逝了。老大并不留恋城市里的灯红酒绿，他想着家的整体，想着父母不在了，当大哥的应该把家族和睦延续下去。他变卖了城市里的资产和店铺，把钱一次次汇给乡下的弟弟们，让他们在乡下置办地产、店铺、庄地。等他带着妻儿回乡时，本以为弟弟们会在置办的大宅院里迎接他，哪承想弟弟们将他的所有财产吞为自己所有，不允许他带着妻儿进门。老大损失财产不难承受，他努力本也是为了家族能兴旺，可是看到自己养大的弟弟们在银子面前失去了人的本性，心凉了，一口鲜血喷出就死了，临死前对弟弟们说请善待他的妻儿。上一辈的罪孽在他身上又重演了，弟弟们在大宅院里撵走了老大的妻儿。老大的妻儿若在，弟弟们哪来的占理呀，脸上不好看呀！两个弟弟占了大哥的钱，又分配不均，总吵架，吵到一个痛恨一个，一个算计一个，一个坑害一个。没几年，老大当年赚下的家产全让他俩算计光、败光了。你们看，一个家族要和睦，兄弟在一起抱成团才有饭吃，家族才能兴旺，各自打各自的主意，从内部先瓦解，那还用外人来欺负吗……"

我小的时候，父亲教我读小说很早，在祖父家的时候，我已经读过很多本小说。小时候的我还很叛逆，小说越读得多，脑子里古怪的想法也越多。祖父讲完声音刚落，我立马站起来说：

"爷爷，爷爷，你讲得不对。"

"怎么不对了？"

"被别人侵占了家产，是可以告状赢回来的。"

"拿什么告状？钱都被人家骗走了，没钱怎么打官司？告赢了也是弟弟们下狱，老大的性格不可能去告状。"

"不信，没钱一样能打赢官司，你看杨三姐告状最后不也赢了嘛！"

"你懂个屁！那杨三姐最后得到好了吗？告状是赢了，自己苦了一辈子。"

一圈的小朋友在场，自己的孙女拆自己的台，此时脾气火暴的祖父已经火了，喊了起来。

"就是能告状，欺负人就得打官司，一定打赢！"

我也上来倔脾气了。

"给你们讲瞎话是让你们知道兄弟和睦的道理，让你们明白家族里一荣俱荣、一损俱损的重要。你可倒好，不听重点，就想到打官司抱不平了，将来也是个犟种！"

我哭了，委屈地哭了，还在倔强地喊着：

"书上说，县衙就是说理的地方！"

祖母忙出来抱起我，嗔怪祖父："这个倔脾气，跟孩子也犟，孩子还小，哪懂那么多。"

祖父不吱声了，气得呼呼喘气，胡子在抖，舍不得说已经哭了的我，便去轰走了满院碍事的小笨鸡。

打那以后，祖父再讲"瞎话"时，我不敢再插嘴了，我怕祖父骂"你懂个屁"，我怕祖父去轰满院碍事的小笨鸡。但是我脑袋里一直有一个疑问："杨三姐后来到底怎么了？"

孩童时的疑问早就忘在脑后了。一次偶然的机会看到戏曲评剧发展史，有一段专门介绍了杨三姐的故事。杨三姐告状是真实的事件。二姐被夫家几人共同害死，杨三姐拼死告状。就在杨氏兄妹苦苦在天津等待惩办高占英的日子里，评剧《杨三姐告状》应运而生，直接介入了这个案件。这出戏的作者就是评剧创始人、著名剧作家——成兆才。原来，杨三姐告状的第二年，成兆才随警世戏社来哈尔滨演出。有一天，杨三姐家乡的亲戚李兴州到哈尔滨经商，将命案和杨三姐告状的经过告诉了成兆才，成兆才激愤之余，随即来到家乡滦县进行采访，连夜写出了剧本《枪毙高占英》（后改名《杨三姐告状》），从而诞生了我国第一部评剧现代戏。时至今日，《杨三姐告状》也是评剧界最具特点的代表剧目之一。1955 年，中国评剧院成立后，对《杨三姐告状》进行了整理重排，将原连台本戏精炼改编为单本剧，由著名表演艺术家新凤霞、赵丽蓉等主演。为了排好这出新的《杨三姐告状》，新凤霞去滦县访问了杨三姐。可当她满腔热情地赶到滦县后，却遭到杨三姐家人的阻挠，不让她和杨三姐见面。起初新凤霞很不理解，后来经过访问杨三姐的哥哥杨国恩及周围村民，她才理解了杨三姐及其家人的苦衷。在封建社会里，一个十几岁的贫家农村小姑娘，抛头露面，与有财有势的富户打官司，竟奇迹般地打赢了,这成了当时轰动城乡的新闻。这件事不仅被各种大小报刊纷纷登载,而且还被编成了鼓书、皮影、戏剧,纷纷上演。其中有的文章和剧目捕风捉影,胡编乱造了一些低级趣味的情节,丑化了杨三姐,给杨三姐和她的家人造成了不良影响。更有人猜测,穷人告富人赢了,一定是杨三姐靠上当时的军阀了;更甚的猜测,说杨三姐出卖自己换来了当权者的支持。当时杨三姐已经定了亲,婆家觉得这些有辱门风坚决要退婚,后来又勉强结婚,婚后的杨三姐在婆家被百般歧视。土改时婆家被定为富农成分,她本人被定为"富农分子",这么一个出众的人物,在那个年代怎样生活可想而知。经过一番努力,新凤霞还是与杨三姐见了一面,但是没有深谈。看着眼前这位沉默寡言、表情木讷的农村老太太,老艺术家真不敢相信,这就是当年那位勇敢、机智、生龙活虎的杨三姐,她心中生出一种悲哀⋯⋯

一段评剧发展史的介绍,解开了我幼年时留在脑袋里面的疑问,也解开了祖父当年的那句——"你懂个屁"。祖父没有太多的文化,不会讲太多的理论,他用大半生看到的、经历的人间悲欢离合,总结下了些许生活经验,他想用这点经验让他的后人们少走些弯路,让他的后人们懂得理论与现实的差距。

三十年前的祖父很瘦弱,但是骨骼很挺拔;三十年前的祖父性格很火暴,但是小院的阳光是暖暖的;三十年前的那些"瞎话",我若能早懂得,或许会受用一生。

红酒喝完了,淡淡酒香弥漫在屋内,我又想起了祖父给我讲过的很多很多温暖且有点大道理的"瞎话"。

八月十五云遮月

　　北方初冬，下雪了。风不大，吹起的雪花洋洋洒洒。点上一根安神香，泡上一盏红茶，依偎在摇椅上。闭上眼，静静地呷一口茶，含在嘴里徐徐咽下，品着茶香的风雅。这样的夜晚没有月亮，想祖父了。

　　小时候，我是在祖父家长大的。有祖父在的日子，月亮似乎从来都是明亮的。祖父没有太多的文化，却是个很重视节日的人。在一年四季的节日里，他特别重视中秋节。他说月亮圆了的时候是最美的，他说中秋节是万家团圆的节日。

　　祖父在的时候过中秋节，他会在圆圆的月亮升起的时候，把桌子搬到院子中央，桌上放着月饼和茶水，教我赏月，给我讲月亮上的传说，告诉我生活要有仪式感。那时候的月饼很圆，那时候的茶水很甜。那时候偶尔会听见祖父说：

　　"今年的月亮圆啊！要是八月十五云遮月，就会正月十五雪打灯喽……"

　　我好奇地问："爷爷，您说的这两句话是什么意思呀？"

　　祖父认真地告诉我：

　　"这是农民预测天气的谚语。中秋节俗称八月十五，元宵节俗称正月十五，意思就是说今年的中秋节阴天或者下雨，明年的元宵节一定是大雪漫天。"

"元宵节下雪不好吗？"

"元宵节时已经立春了，下雪会耽误春天的到来。"

记住了祖父的话，每年的中秋节都会想起。

那年，中秋节，阴云遮月，冰冷的秋雨下了一整天。次年，元宵节，果然雪打花灯，鹅毛大雪下了一整天。人到中年已过不惑，似乎通透早已被人定为人生的修为结果。当我一个人过中秋节一个人赏月的时候，我想起有祖父在的中秋节，想起祖父教我的那句农谚，佩服劳动人民的智慧总结。或许是因为学文字的人天生有一种独特的思维，我常想：四季的节日里，每个节日有每个节日的特点，每个节日有每个节日的美，八月十五晴空圆月不好吗？正月十五花灯饰夜不好吗？为什么八月十五宁愿打破自己的面目也要去破坏正月十五原有的完美呢？后来我明白了：是秋用它满目的狰狞，隔着冬，去阻止春的到来。

每个节日都有自己独特的美丽。中秋节是金色的秋天，是圆满的月亮，是团聚的归期，是赏月的优雅。可是它却为了阻止元宵节的亮丽，为了阻止春的到来，宁愿抹杀自己的美丽也要打乱春的脚步，用伤人一千自毁八百的方式宣泄无边的妒恨，却不知春天的到来，乃至一个民族的崛起和复兴，又怎么会是刻意打压就能遏制住的？它打碎的恰恰是自己原有的魅力，阻止的恰恰是自己在应有季节里独有的情怀。想起了电影《非诚勿扰》中那句经典的台词：这事对我有利没利我不管，只要对她没利我就干。一句戏言或许正是人性里隐藏的原始卑劣，更是被无边妒恨冲昏头脑的无知。

那年，八月十五云遮月；次年，正月十五雪打灯。可春天挟裹着真善美终归如期而至，那是四季更迭交错的规律啊，岂可阻挡！

淡淡的茶香伴着淡淡的安神香，让我放松着思绪也放松着思索。想祖父，想春暖花开，想人性，想祖国的复兴，想海峡两岸统一的团圆。茶，一杯为尝，两杯为品，三杯是牛饮。两杯茶已经喝完了，待下次再与你说小时候祖父教我的故事……

圣诞节——送给我的宝贝

独自在远方，望着远处，灯火阑珊。忽然记起十四年前的那个圣诞节。

那时候儿子才三岁，圆溜溜的大脑袋，胖嘟嘟的脸蛋，乌黑的大眼睛。萌萌的样子，让我体会了做母亲的幸福。

记得也是个圣诞节，儿子用稚嫩的声音问我："妈妈，为什么圣诞节要有圣诞树？为什么圣诞树上要挂美丽的挂坠儿？"

我告诉儿子："圣诞树啊，是圣诞老人送给幸福家庭的礼物；圣诞树上挂着的挂坠儿啊，是圣诞老人送给听话孩子的礼物。得到礼物的孩子会幸福一辈子，所以宝贝要乖乖的哟！"

儿子忽然眨着大眼睛说："妈妈做饭吧，宝宝饿了。"

呵呵，三岁的孩子怎么能在妈妈面前耍成把戏呢！我笑着说："妈妈去厨房做饭，宝宝自己玩玩具。"我倒要看看熊孩子想干吗！

十五分钟后，我偷偷地从门缝往屋里看，天啊，儿子站在小板凳上，背对着我，正在用力地把我养在花架上的文竹叶子使劲儿往下撸，那个卖力气啊！我急忙走进屋问儿子："你怎么破坏妈妈养的花呢？"儿子惊讶地转过身，用小手把兜里的"弹珠警察"一个个掏出来。我一看，每一个都用毛线系住脖子，还没等我训斥，儿子一脸无辜地说："我想给妈妈做棵圣诞树，把我所有的弹珠警察都挂上去，妈妈就能幸福一辈子……"

我愕然了，眼里忽然热热的。有子如此，母复何求？

而今又是圣诞节，却世事变迁，母子各在一方。偶尔看到福建省一个名叫朱尔的三年级小学生，写的一首小诗《挑妈妈》爆红网络，诗中写道：

> 你问我出生前在做什么
> 我答
> 我在天上挑妈妈
> 看见你了
> 觉得你特别好
> 想做你的孩子
> 又觉得自己可能没有那个运气
> 没想到
> 第二天一早
> 我已经在你肚子里
> ……

没有读完，早已经热泪盈眶。我也曾是儿子趴在云端挑选的妈妈，儿子在三岁时把所有的祝福给了我，我却无法给予儿子全部的呵护；儿子小小年纪就让我看到男孩子所有的独立，我却无法给予儿子全部的陪伴；儿子告诉我他是家里唯一的男人得保护妈妈，我知道是儿子看到了我脆弱的一面。儿子略显成熟的思维是他成长的骄傲，也是为娘自责里所有的辛酸。

终有一天，我的儿子会长大，会像雄鹰一样翱翔云霄，妈妈不求你的人生有多少功名利禄，只盼望你此生平平安安，用一生的祥和准折幼年承受的离别。

圣诞节祝福我的儿子健康成长，妈妈永远爱你！

2018 年 12 月 23 日写于冰城

久违的故乡

前几日收到故乡殡仪馆的公告，殡仪馆搬迁，需要家属面签办理相关手续。母亲在那里，我要回去一趟。我不愿意回故乡，不想再让疼痛咬破记忆。闺蜜开车陪着我回来，绕过城门进入城内的一刹那，我叹了口气，默默地说：久违了，我的故乡。

"久违"从时间上划分来说，绝不是离开三年就可以用的词，但是，我离开故乡的时间，其实是从我身还在故乡心却天涯漂泊的时候算起。

我既怕看到故乡，又想仔细地看看故乡，就好像人对伤口的感觉，碰了怕痛，不碰还总惦记。

这里已经没有我能歇脚的地方。汽车一路前行，路过古老的牌楼，车水马龙的繁华，看出县城的前进步伐，那牌楼的风铃依旧叮当叮当地响起，让人觉得时光在溜走，又让人觉得历史在回放。我看到旁边银行住宅小区的门口挂着"翰墨书法学习班"的牌子。我是一个爱好书法的人，本能地顺着牌子向上寻找，在住宅小区面朝步行街的窗户上，看到了一个广告牌："三楼一号室内书法学习班"，上面还印着学习班老师的名字和两幅代表作品，着实有些水平。是巧合吗？还是冥冥中注定这个屋子一定住着书法爱好者？

是的，这间屋子曾经是我的家，曾经是我结婚时的新房。二十年前的我，披着婚纱，憧憬一切美好的未来，在所有亲人的祝福声中，与爱人携手走进了这间新房。新房装修的样子我依稀记得,那幅挂在新房里我亲手写的书法,我也依稀记得。厨房还是原来的样子吗?在厨房里做着饭,爱人下班回来从背后抱着我的幸福仿佛还在眼前。儿子对着我们的婚纱照牙牙学语,念着妈妈、爸爸,我们一起为儿子点燃生日蜡烛,祝福他快点长大,已然就像是昨天。曾经的美好和幸福,用尽我所有的青春去祭奠,用尽我此生的快乐去画上了一个稀碎的句号。那间屋子里的点点滴滴又怎么会是可以忘记的?

"看什么呢?已经过去了,不值得了。"

闺蜜是个直肠子的人,一句话打断了我的回忆。我抬起手腕看手表缓解我的尴尬,却猛然间看到手表上的日历:三十。5月30日,我的手抖了一下。是的,二十年前的今天,我出嫁。

我不敢再往下想,仰仰头,吐了一口气,侧脸看着窗外。在路边,有一辆黑色的轿车缓缓停下,下来一名中年男子,好熟悉的身影——前夫。闺蜜也看到了,没有停车。我看到他有点中年发福了,短发很利索,衣着整洁,还是很显年轻,很帅气。这些年,为了自己疗伤,耳朵刻意拦截着他所有的信息。猜测他还好吧?一定生活得很惬意吧?被逼离婚的委屈已经过去了,我不再恨了,祝福他生活得幸福。因为爱过。

在殡仪馆办理好了相关手续,我去了母亲的牌位前看看她。很久很久没有到这里祭拜过母亲,想来母亲是理解我的。上了香,在母亲的照片前深深鞠了三躬,告诉母亲我很好,免去她的惦念。在我要离开的时候忽然看到一个寄存格里,分明摆着一个年老的遗像,我呆住了,是祖母——前夫的祖母。

嫁到夫家,祖母对我非常好,说我像年轻时候的她,常常去我家里给我送她亲手做的饭菜和时令水果。祖母很看重我,把她出嫁时陪嫁的银镯子给了我。我离婚时祖母已经卧床,在我受尽委屈时,也是祖母让姑姑去找我,给了我诉说的机会。离开夫家前,本想把那只银镯还给她,终归因为种种原因,我丢失了那只银镯。祖母却说:"即使在你手上我也是不会收回来的，在我心里，你永远是我的好孙媳。"此刻，我竟然没有想到会在这里看到祖母。生命的无常，也是生命的最终归属，我们最终都会来这里，如果生命还有轮回，来生我还愿是您的孙女。

折返的路上，我仔细地看着路过的一幢幢高楼，一个个商铺，依稀能辨清带有血亲的各户。只是经过太多的沧桑变化，经过太多的世态炎凉和人情冷暖，我再也没有勇气走进红尘内的纷扰。快要出城路过法院的时候，我看了看大楼顶上的国徽，红得耀眼。在这里，我看到过未曾泯灭的正义和善良。

前方是驿马山，过了这个山就是县城边界线，闺蜜忽然靠着桥边把车停下。

"下来透透气吧，也看看你家乡的山和水，看完了就都留在这里，记忆里不许带走，归零，重新开始。"

"还是你最懂我。"

站在陆大桥上，长长地舒了一口气，看着桥下的少陵河水涓涓而过。小的时候，父亲常常带着我来到这儿，告诉我陆大桥名字的由来，吟诵他自己写的"青峰迤逦水一湾，映绿少陵河底天。撒网渔民未经意，半成捕鲤半捞山"的诗句。如此美丽的故乡，我却不知道何时再有勇气回到这里。恋爱时，他也带着我常来这里看落日，在桥下的少陵河里划船，船到河心时对着我说着海誓山盟。我们一起掀起水花后甜蜜的笑声，如今都随着少陵河的水流，一去不返。我还是流泪了，祭奠逝去的青春，祭奠去了的爱情。

车子发动了，故乡就像我飞起的长发，随着不得不前行的惯性，被风吹到了身后，不得回头。远处的夕阳仿佛是绝望后的狂笑，迸出了一抹血色。它也曾在正午时晒得我脸上滚烫，羞得我用太阳帽遮起面颊。然而，终究还是凉下去了，凉下去了……那最后一丝的温暖，拽着故乡远处的山，如烟熏般昏黄无比。

别了，故乡！愿你的山更青，水更绿；愿我的道路越来越平坦！

盼　年

　　我们中国人最隆重的节日莫过于过年。过年是在外游子归家的理由，是全家团圆的喜乐气氛，是晚辈孝敬长辈围坐桌前敬的那杯酒，是屋外爆竹烟花闪耀后飘进鼻内的那股独特幽香；过年是妈妈在厨房忙碌包的鲜嫩饺子，是家家户户门上贴着的喜庆对联，是满大街挂的红灯笼。在那个物资匮乏生活水平不高的年代，很多食物只有过年才能摆在桌上，过年让我们感受到隆重的仪式感，无论大人孩子，我们都盼望着过年。

　　祖父的家在一个北方小镇，他的子女成年后几乎都不生活在那个小镇上，但是每年过年，亲人们都会回到那个小镇，聚集在祖父家里。长辈们唠着这一年的工作、生活，小孩子们一年了也只有过年的时候才聚得这么齐，相近的血缘让孩子们见面就格外亲。我的记忆里，每年过年的前两天，父母都会带着我去小镇的祖父家，母亲帮助祖母准备姑姑、伯伯们回来的饭菜，祖父抱着我去集市上买烟花和红灯笼。我也盼着姑姑们回来，姑姑们会给我带回从大城市商场买回的新衣服，在周围小朋友还都穿着手工做的新衣服的年代，对我来说这是过年的隆重。

　　那时候小叔叔还在上学，过年时他是我们的孩子王，带着伯伯、姑姑家的这一群孩子放肆地玩耍。表哥表姐们在城市生活，哪有机会这样放纵过童年的天真本性啊！我是平辈中最小的一个，那时候四五岁，穿得跟棉花包似的跟在表哥表姐们后面疯跑。小叔叔带着我们到院子里放烟花，在外面的窗台上点燃成排的蜡烛，在院子高高的雪堆上挖洞，挖好了孩子们轮番去洞里待一会儿，也会把衣服口袋里装满糖，坐在雪洞里面吃，吃完了再出来。那高高的雪堆、大大的雪洞，是我童年记忆里最初的武陵源。

小孩子就是喜怒无常，一会儿亲密，一会儿打闹，一会儿又玩耍在一起。在那时过年亲人们的聚会里，我也曾因为大我一岁的表哥抢了我心爱的酒糖，在后面拽着他的衣服不停地讨要。祖父看到了，赶忙喝走了表哥抱起我。表哥一溜烟地跑了，祖父从柜子里抓出一大把酒糖，把我放到他腿上哄着我不哭，看着我脸上还挂着眼泪吃糖的模样，祖父扑哧一声笑了："丫丫会打架了，我的丫丫都会打架了。"那笑容拽着胡子一抖一抖的，仿佛会打架是他孙女成长的标志一般令他欣慰。过年时，亲人们团聚在祖父的家中，祖父格外高兴，虽然他的子女大都不在身边，但是都能成为对社会有用的人，他是自豪的，因此年夜饭上的酒也会多喝几盅。酒多了话也就多了，祖父会给大家讲年轻时候的经历、家乡的趣事，会给大家讲亲人间的情分，会给大家讲一个家族荣辱与共的凝聚。祖父很会用故事去证实道理，他讲的事情就是我童年的故事精选集。

对一个孩子来说，过年有漂亮的衣服，有不同城市的土特产，有美丽的烟花，有一起的玩伴，有怎样疯跑都不会被骂的时间点，有祖父偏心的呵护，还有姑姑、伯伯、小叔叔们全家的团聚，这样的过年又怎么会不盼望？

我十一岁那年的深秋，祖父病逝离开了我们。那一年的过年，亲人们照旧回到了那个小镇团聚。可是，在一个十一岁的孩子眼里，似乎过年的氛围跟往常不一样了。没有祖父偏爱了；表哥表姐们比我大很多，已为成年人的他们再也不会陪我一同疯跑；小叔叔参军在外地没有回来，没有人带着我去放烟花了，更别说挖雪洞；大我一岁的表哥在城市长大，总嫌弃我是小镇上不淑女的疯丫头。年夜饭上，当祖母穿着小姑姑给买的盛装，把已经升为军官的小姑父让到了首位；当伯伯们高谈阔论官场上的规矩，我看到了大姑父宁愿在厨房不停地做菜为大家服务，也不愿意上桌。过年似乎被套上了沉重的枷锁，亲人聚会似乎成了一种浪漫却夹杂着炫耀的舞台。我依旧盼着过年，过年远在天南海北的亲人就都能回来了。可是，随着我年龄的增长，每一年过年聚会再也没有孩子时的快乐。直到两个姑姑吵架了，直到叔叔微笑着把祖母从家中劝走，这个我每年都盼望的过年再也不是所有亲人们团聚的过年了，变成了各自小家分割式的过年，过年又似乎成了尴尬的聚集点。父亲、母亲跟每一个亲人都很融洽，亲人们虽然不再聚会，但是会在偶尔的出差中来看看我的父亲、母亲，这些人的话题总离不开指责不睦的亲人。母亲不多言，父亲会用亲情劝解计较的狭隘。亲人们走后，父亲会长叹一声对母亲说："手足何须如此啊！"母亲也会安慰父亲说："再等一等，会好起来的。"

不愿意再盼过年了，我会在过年时很想念祖父，也会在过年时看到父亲对亲人们不再团聚的遗憾。纵然他给了我跟母亲过年时欢快的气氛，我依然能从他的眼睛深处看到他对亲人们团聚的期盼。父亲也曾经调和过不睦的姑姑和伯伯，可我看到的是他眼神中的难过。

我也曾问父亲：

"不能团聚就不团聚，大家都不觉得遗憾，为什么你还要觉得遗憾？"

父亲说：

"血浓于水，亲情不可分裂，不可放弃。天下大事尚且有合久必分，分久必合的规律，何况是俗人！不能因为暂时的停滞就放弃分久必合的企盼。将来的某一天，亲人们会看得明白，会冰释前嫌团聚的。"

父亲的话让我潸然泪下，为自己的无知，为父亲的深明大义，为亲人们暂时的不睦。

那天晚上，我做了一个梦，梦见家中所有的亲人团聚在一起去给祖父上坟，祖父坟前的树上落满了美丽的鹁鸪鸟，那一天，是我盼望已久的——过年。

穿过牌楼的红桃酥

我的家乡巴彦县，在黑龙江省中部偏南，松嫩平原腹地。这个小城旧名满语"巴彦苏苏"，意为"富饶村庄"。这也是一座文化小城，据史书记载：清末江省考试取十五名，十二名出自巴彦县，因此得了"江省文风、东荒称盛、巴彦尤著"之称。从巴彦走出去的共和国将军就有十几位，著名作家几十位，更不乏著名企业家、电影演员、抗美援朝的英雄。巴彦又是个产粮大县，至今还流传着"呼海巴拜、绥化在外"的民谣。这是一个有着悠久历史的小城。

经常有人问我："这么美丽的家乡，最有代表性的建筑是什么？"每次我都会脱口而出："东、西牌楼。"

小城的人民大街东西十字街口各有一座牌坊，东西牌坊相距半公里，分别距东西城门一公里，家乡的人们俗称"东牌楼"和"西牌楼"。古牌楼是清朝光绪年间，巴彦苏苏的商佃人等集资，为黑龙江将军依克唐阿、署将军齐齐哈尔副都统增祺所建的德政坊。牌楼是木结构无斗拱，圆顶飞檐建筑，底部八块莲花扁方石合抱四根方形木柱，石外各有两道铁箍稳固。牌楼檐顶龙首相顾，飞檐斜翅，每个檐角各系一铁质风铃，微风拂过，铿锵作响，使小城更具有独特的历史韵味。

我小时候的记忆中，牌楼很高、很威严，风铃当当的声音就像是母亲在世时屋顶的炊烟，亲切而充满生机。两座牌楼分别横跨在人民大街的两端，就像是在保护着小城里人们的祥瑞之气。平时，车辆从中间的宽空隙穿过，行人从两边窄一点的空隙穿过。那时候的我站在地上还没有牌楼底部的扁方石高，母亲把我放在自行车的前梁上，驮着我经过古老的牌楼，刚刚识字的我也会远远地看着牌楼上的牌匾，一一念给母亲听。从东牌楼念到西牌楼，从"德培中兴""德塞千古"，念到"樾荫永庇""棠爱常留"，母亲也在识字中给我讲两位将军的德政流芳。

当年，在西牌楼旁边有一排青砖瓦顶的平房，全是店铺，其中有一家国营的糕点铺，用现在的话讲就是全县最好的糕点商店。铺内的四周都是玻璃展柜，里面摆满了各种糕点。说它是最好的糕点商店，主要是因为这家铺子里有一小块专柜，出售的是省城进货来的高档糕点，其他糕点铺是没有的。那个年代，小城里物资相对还是匮乏，人们生活水平普遍还很低，母亲又是节俭过日子，带我去买糕点的时候也从不去那个省城进货的高档区。直到有一次我生病发烧不吃东西，母亲带我去看完医生回家时，路过这家糕点铺，母亲带我直接到了高档糕点区，跟售货员说："闺女病了不爱吃饭，帮忙选一种孩子爱吃的吧。"售货员说："选红桃酥吧，软糯香甜，颜色也招人喜欢，小孩子准爱吃。"随着售货员的指引，我看见展柜里平铺着一大托盘糕点，每一块糕点都是平面的桃形，乳白色，上面沾满了颗粒状的砂糖，亮晶晶的，桃的顶端是一抹胭脂红色的颗粒状砂糖，颜色就像水墨画似的慢慢晕染开，看着就让人馋。听着售货员介绍："这个叫红桃酥，是从省城进货的，不同于咱们本地产的普通桃酥，咱们本地产的桃酥就是普通烘烤的，不软，颜色是面粉烤过的焦煳色，哪有这个精致呀！"我看着她随手拿了一张方形黄色的纸放在秤盘上，用竹夹子夹着几块放在纸上，称好后拿下来熟练地包裹好，拽一根黄色的纸绳横一道竖一道缠紧系好，又在系好的绳上面打了一个圆圈，最后拎着圆圈递给母亲。我盯着属于我的红桃酥，虽然生病但别提有多高兴了。母亲蹲下，把一包红桃酥放在我怀里说："我闺女捧着，捧着红桃酥病好一半，回家多吃几块病就全好了。"母亲带我出来，把我抱上自行车的前梁，我抱着红桃酥，母亲用自行车驮着我，穿过西牌楼，又穿过东牌楼，一路往家去。或许，幼小时，牌楼在我心中就是根，它像一个家里威望极高的老人，坐视着全家人。抱着红桃酥随着母亲经过西、东两座牌楼，我似乎有了异样的感觉，那感觉就好像孩子有了心爱的东西，一定要在长辈面前炫耀地告知方觉其意义。我拥有一包红桃酥，在穿过西、东两座牌楼后，觉得格外踏实和开心。在那以后，红桃酥成了我最喜欢的糕点。

长大后，小城也渐渐繁华起来，高楼逐渐取代了平房，古老的西牌楼旁边也变成了银行的高楼大厦。小城里的糕点也不再那样单一，各种烘焙坊，各种奶油蛋糕、西点应有尽有，红桃酥早已经是不上档次的糕点，也就再也没有在家乡看到过。记忆里那种放在嘴里的软糯，那桃尖上的一抹胭脂红，那亮晶晶的沙砾糖，那怀抱红桃酥穿过西、东牌楼时的踏实感和满足感，也自然随着小城的繁华更迭而逐渐消失。

人真的很奇怪，小时候盼着长大，长大后却又有意或无意地寻找，寻找小时候。我到省城工作后，听人说道外区有一家专门卖老口味糕点的百年老店，就专门去了一趟，去寻找，寻找小时候的红桃酥。在琳琅满目的百年老店里，我看到了记忆中的红桃酥，一模一样的。特别欣喜，急忙称了几块，抱在怀里，坐在店内休闲的座位上迫不及待拿出一块放在嘴里。软、甜，可是却怎么也不是穿过家乡的牌楼后，放到嘴里吃的那个味道，抱在怀里怎么也不是母亲给放到怀里那包红桃酥的温暖。我不死心，寻找到红桃酥了，就想寻找到小时候的味道。在一次回家乡前一天，我去百年老店里买了一大包红桃酥，老店里的糕点包装仍旧是用黄纸，与我小时候看到的一模一样。我打算带回家乡，仍旧放在怀里抱着它穿过西、东牌楼后，再寻找久违的味道。

我又见到了家乡的牌楼。古老的牌楼是百年历史的见证，是人文气息的载体，是游子寻根的坐标，那瘦窄而挺拔的脊梁下，曾经穿过抗战的张甲洲、李时雨，穿过《夜幕下的哈尔滨》的作者陈屿，曾任辽宁省作协主席的刘兆林，穿过抗美援朝的老兵李玉安，穿过一车车饱满的粮食，穿过一个个企业的奖章，穿过昨日的崛起，穿过今日的辉煌……也曾经穿过母亲自行车前梁上坐着的我，怀里抱着甜甜的红桃酥。

  我忽然明白了，我一直在寻找记忆里穿过牌楼抱在怀里的红桃酥，其实是在潜意识里寻找逝去的童年快乐。古老的牌楼亲切而使人踏实，坐在母亲的自行车前梁上，是被母爱保护的安全感，那时的红桃酥是最美的糕点，我抱在怀里的是母亲的宠爱。如今，我已离开家乡离开古老的牌楼多年，母亲离开我已经二十余年，没有了能在前梁驮着我的自行车，更没有了代表宠爱的红桃酥，即使我依然怀抱着红桃酥去穿过西、东牌楼，又怎么能寻找回因成长而逝去的所有？

  夕阳贴在古老的牌楼上，古老的牌楼像一位经历世事的老人，通透而安详，安静而大气。我在穿过牌楼的时候，嗅出了历史的沧桑，却再也找不到穿过牌楼下的红桃酥。

抛 弃

祖母八十寿辰，我回到了离别多年的故乡小村。故乡的一草一木，老屋的一石一瓦都让我倍感亲切。上了年纪的人越发爱唠叨。入夜，祖母躺在床上拉着我的手从亲戚到邻居一个个地说起。祖母说："丫丫，还记得隔壁那个'扫把奶奶'吗？去年死了，坟就在后山……"记不得祖母后面的话，一夜辗转反侧。清晨，叶上刚带露珠，我一个人去了后山。

远远地，我就看到了"扫把奶奶"的坟，小小的，上面长了几根狗尾草，微风吹来向一侧倒着，显得格外凄凉。越走离坟越近了，我的心越来越往下沉。"扫把奶奶"活着时孤零零一个人，死后的坟也孤零零一座，石碑也没有一块。还未到花甲怎么就去了呢？是谁抛弃了她？儿时的记忆一点点在脑海里拼凑起来……

说起"扫把奶奶"村里人没有不知道的，无人不感叹她的悲苦命运。这还得从20世纪说起。

老人本姓王，对亡人的尊敬，避其名讳，我们就叫她王氏吧。王氏出生在日本无条件投降的那年。据说其父还在她未出世时被国民党抓去当兵了，生死不明。母亲在生她三天后因产后风而死。王氏在军队路过时被发现送到了延安孤儿院。伴随着新中国的成立，王氏也渐渐长大，赶上了社会主义的制度上了小学、中学，1964年考入中国人民大学新闻系。那时十九岁的王氏就像朝阳中的晨露，等待把满腔的热情和才华投入建设祖国中去，新中国的第一代骄子理想和志向都是那么远大。1966年，王氏被揪了出来，说她是隐藏在社会主义阵营里的特务，因其父是国民党兵。王氏再三解释说自己从未见过父亲，而且是在孤儿院长大的。造反派们辩道："本就有台湾关系，为什么报考新闻系？从小就打入我党阵营内部，不为做特务为什么……"言辞极其雄辩，任凭王氏有诸葛舌战群儒之才，也只能是秀才遇到兵。不知是经历了怎样的批斗和检讨，王氏到我们村时已经身心伤痕累累。据祖母讲，那年由北京的两个红卫兵押着王氏到这里，说是让她接受贫农改造。然后她便在生产队里干着最脏最累的活，日复一日，天天如此。一次在放马时，王氏拖着极度虚弱的身体掉进了河里，被路过的村民张光棍救起。张光棍因为家里特别穷，四十几岁了还没娶上媳妇。自打救起王氏后，他就托人去和王氏说亲，他说："我不嫌她是知识分子、臭老九，不嫌她有台湾关系，要是她不嫌我穷就订了这事。"媒人跟王氏说："你也老大不小了，在这又没个依靠，成分又不好，我看张光棍虽是穷点，可是成分好啊，人又老实能干活，这女人啊总不能自己一辈子吧，到啥时也得有个男人依靠啊！"半晌，王氏说："命运如此，我还能有选择吗？"就这样，王氏与张光棍成了亲，名正言顺地成为小村的一员，两年后，生了一个女儿，从此过起北方小镇村民的生活。但是村里人从来没见王氏笑过，日子就这么一天挨一天。1978年全国恢复高考，听见村里广播的那天，王氏从地里一路笑着跑回家，村人都纳闷了，是什么事让她笑成这样？知道王氏要重新参加高考，张家可就炸锅了。张光棍说："老娘们儿能做饭，能生娃就行，你现在是我媳妇得听我的，不能去，你考上了一走了之谁伺候娃，谁做饭，谁喂猪？别忘了当初是我收留你，你别忘恩负义。"王氏无论怎样说不会抛弃他，张光棍就是不信，当晚就在同姓兄长的怂恿下，拿着户口本，离开本村，说是让孩子拴住王氏，自己躲出去，好让王氏既不能脱身又没有户口，想参加高考都报不上名。不知是上天到底想捉弄谁，张光棍在离开小村的第二天出了车祸当场身亡。消息传到小村时，全村的人都跑去了张家，族上几个年长的正在大骂王氏，什么忘恩负义，什么异想天开，什么黑心妇人，什么克母克夫，什么扫把星……一夜之间王氏头发全白了，三十几岁的人看上去像现在的祖母。王氏用瘦小的身躯接受并承受了所有世俗的偏见。安葬完张光棍，王氏没有去参加高考，一人默默地扶养女儿，所有的哀伤与无奈都化成了对女儿的希望。然而，她的命运真是不济，女儿十三岁那年得了肝硬化医治无效。王氏发疯一样用头撞着墙，撕心裂肺的哭声让全村的人揪心。女儿出殡的那天，王氏烧掉了曾经写过的所有诗词手稿，烧掉了即将研究完成的《中国近代新闻发展史》书稿，烧掉了女儿所有的衣物，从此后除耕种外闭门不出。村人都说她克母、克夫、克子，命实在不好，定是扫把星转世，谁家都怕惹上晦气，也就都躲着她。王氏本就不愿意给人添麻烦，这样一来更孤独了。只有我们孩子们不迷信这些，觉得她气质与村民不一样，觉得她长年紧闭的门很神秘，偶尔看见她都亲切地喊一声"扫把奶奶"。其实她和母亲一样年龄，只是村里人都说她是"扫把星"，只是她和祖母一样花白的头发。每次孩子们叫她的时候，她会慢慢地抬起空洞的眼睛看我们一眼，随即又低下头蹒跚地走着。就那一眼，眼神里那种绝望的复杂，至今我忆起来都觉得心酸。

年长后，我求学离开家乡，而后在外工作很少回来，即使回来也是来去匆匆，几乎没再见过王氏。这次休假又逢祖母做寿，本打算多住几天，顺便去看看她。她怎么就走了呢？听祖母说，她家几天闭门，村长疑心便和几个村民打开她家门，发现她已过世几天了。可气的是张光棍的同姓后人不让她入夫家祖坟，说怕给祖坟沾上晦气……

她走完了坎坷而无奈的一生，生前不知父母，身后无嗣孑然一人，孤独地来，孤独地走。回想她的一生，从孤儿院考入首都，又从首都高校落入闭塞小村。时代抛弃了她，历史接纳了她；红尘的人们抛弃了她，故乡的黑土接纳了她。活着时孤零零一个人,死后孤零零一座坟。她也曾豪情万丈,是谁抛弃了她的青春?为何要一个柔弱的女人背负这样的结果?人在天地之间,肉体是可以独立支撑的,精神却绝对需要皈依。最能摧毁她的不是自然灾害和战争,而是心灵的无家可归。立在王氏的坟前我心酸至极,轻轻地说了声:"扫把奶奶,我懂你。"

辰时的太阳升高了,阳光透过树林照在王氏那小小的坟上,似乎是想给亡人一点可怜的温暖。

野猪与山庄主人

朋友承包了一处山庄,又在山庄里开了个酒店。山庄恬静优美,酒店也朴实脱俗。

有人从山里捡到一只受伤的小野猪送给了他,据说此猪长得很特别、很夸张。他没有杀掉,在山庄圈起一块空地养了起来。如果您看到山庄里圈着一头野猪,您首先想到的会是什么呢?是野猪原始的粗鲁?是某种动物野性展示的平台?是吸引客源的经商手段?而我则猜想,这是山庄主人对生活的一种境界,对人生的一种别样品位。

初来这里,野猪不吃不喝很倔强,饿了几天之后渐渐地有些适应周围环境了。饲养员喂养得很精心,每天喂养的时间很规律,给他刷洗梳毛,还定时带它在山庄遛弯。一段时间后大家看到野猪有些胖了,也从饲养员的憨笑中看到了成就感。可是野猪总也不开心,总是不好好吃食物,经常把槽子踢翻故意刁难饲养员,每天晚上还嚎叫得很难听,好像是对外面世界有期许和向往。一天早晨,大家发现圈里空了,野猪逃跑了。饲养员有些伤心,毕竟亲手喂养了这么久,相处了这么久,也用心了这么久,竟然跑了,跑得这么决绝。饲养员也许是念着旧情,也许是为自己职业的执着,也许是为了没有归期的等待,每天依旧在猪槽里放上新鲜的食物,日日更换不间断。半年后的一天,饲养员欣喜地发现,野猪自己回来了……

山庄养野猪，似乎是朋友很乐意炫耀的事情。他告诉我野猪回来以后很喜欢山庄了，而且即使圈门敞开它也不跑了。朋友意味深长地说："你不觉得很像男人吗？"

呵呵——我笑了。

是啊，是像男人。男人本就是野性动物，男人就要有野性，就要是一匹孤独的在荒野里嘶叫的狼，野性是一种奔放，是一种力量，是一种无所畏惧的勇气，是驰骋千里攫肉而食、不囿宅院以乞残羹的高傲。男人的阅历和经历会让他成熟，会让他睿智、从容、淡定，当他有一天想有个港湾轻松地歇息，想有双温柔的手去抚平压力的沟渠，想有个人理解他做的所有对与错时，他就会安静地回到小屋，回到有安全感的小屋。

聪明的女人不会放纵男人，但会放手男人。在放手的同时让男人时时感觉家的温暖和自己的与众不同。就像放风筝一样，线在手中收放自如，任凭风筝翱翔；就像文人写散文一样，形散神不散，最终男人会自己乖乖地回来。但是，提醒男人一句：野猪回来，依旧是主人珍惜的国家保护动物，而你是否有把握使女人动情如初呢？

一头野猪让我浮想联翩，却忽然得到个消息——野猪死了，被山庄主人杀掉了，炖了。鲜美的一锅野猪肉宴请一桌要好的朋友，开怀畅饮，宾客大醉。野味确实鲜美，在座客人喝得都超过了平日的酒量，酒兴歌酣之态犹感意兴未尽。野猪就这么死掉了，莽莽苍穹之下，一场群人分尸的行动就这么在酒桌席间进行了……

我原以为这个朋友圈地养野猪，是有别样的人生品位，现在才知道了：他的所谓的"品位"不过是对各种动物肉类的鉴别，所谓的"品位"不过是推杯换盏间的阿谀周旋，所谓的"品位"不过是没有精神世界的醉生梦死，所谓的"品位"不过是对自己所谓成功的另类消遣。我愕然了，原来山庄圈起一头野猪，是为来日气味相投的人聚会找个理由，是为了酒肉的别样风采；原来野猪的意义在于"猪"，而"猪"的意义在于被食尽的价值。它同四个月循环出栏的圈养肉猪一样，在山庄主人的眼里没有任何区别。不知为什么，我听到野猪死了这个消息，心中泛起一阵凉意。

忽然想起姚明做的一则广告：没有买卖，就没有杀害。我想在后面加上一句：没有贪欲，才有文明。

野猪还是死掉了，酒喝尽兴了，夜深了，宾客散了……

宽容的温暖

随着年龄的增长，喜欢的东西也在改变，去哪个城市时不再喜欢商家宣传的旅游景点，不再喜欢这个城市的华丽商场，也不再喜欢去购买奢侈品，而是喜欢静静地去体验这个地方的风土人情，去寻找城市最古老的情怀。

出差去北京，五天。在最后一天工作结束的时候，一个人背包去了北京南锣鼓巷附近的胡同——有大杂院的那种纯纯的老北京胡同。

走在老北京的胡同里，那种与古城零距离的感觉，绝不是你在景区里能有的。曾经二品文官的老宅、曾经武官的府邸、曾经田汉的故居、曾经袁世凯的总统府、曾经乾隆女儿和静公主的公主府、曾经文天祥的祠堂、曾经蒋介石指挥辽沈战役的遗址……静静地依然都在，门上的斑驳诉说着历史的沧桑。胡同里仍然有一些老宅，现在分住着最普通的居民，俗称"大杂院"。大杂院中的人们每天都在热气腾腾中过着普通的日子。

初冬的北京并不冷，树上的叶子还没有落光，这样的温度在哈尔滨也就是穿羊绒外衣的季节，可是北京的市民早都穿上了厚厚的羽绒服。我在心里偷偷地笑话北京人的土气、怕冷，没有"东方小巴黎"之称的哈尔滨人时尚、会打扮。可是，玩到夜晚时，我领教了北京冬季夜晚的寒冷。冷风硬硬地刮着，刺骨的寒风让我领教到北京冬季的夜晚绝不逊色于哈尔滨，领教了毫无准备时去接受寒冷，也明白了羽绒服此时的重要。

　　故宫、长城、颐和园、天坛、九门代表着北京，大杂院其实也代表着北京。古城的宫殿、古城的建筑领略着炮火硝烟，领略着朝代转换，领略着沧海桑田，而北京的大杂院却包容了温暖的底线。

　　你看，古老的建筑无不刻画着沧桑，虽然巍然耸立，却斑驳辛酸。大杂院里的人们最普通的生活中，囊括了北京人对历史所有的包容。那种无视历史的变迁，无视周围古建筑的威严，无视紫禁城的贵气，无视太多的历史事件就在此地发生的惊讶，这一切完全在生活的热气腾腾中蒸发得只剩下简单。

　　北京居民很务实，任凭古城沧桑更迭交替而心态岿然不动。冷了就加件羽绒服，虽无华丽却能给予自己温暖；饿了就炖上喜欢吃的饭菜，虽无山珍海味却能给予自己生存，只把生活过得烟火分明，暖胃暖心。其实这正是人生最大的宽容。只有宽容才能接纳历史，只有宽容人生才会如小溪般缓缓长流，只有宽容人生才会上升到另一种高度的境界。

　　北京的冬天，我读懂了你的宽容，也读懂了你的温暖。

烤玉米的小夫妻

秋天里下班回家时，经常会在小区楼下小广场旁买烤玉米。烤玉米的是个三十岁左右只有一只胳膊的男子，在烤炉里拿出撑子，一只手颠翻玉米，从娴熟的动作看得出残疾人生活的毅力。久了才知道，旁边烤毛蛋的女人同他是夫妻。相仿的年龄，女人不是残疾。

秋季的傍晚比夏季会凉爽些，可仍然很燥热。女人在烤毛蛋摊位顾客少的时候，会到玉米炉边上，帮助男人把玉米一个一个剥好皮，整齐地排放在烤炉边的盒子里。烤玉米的顾客多时，男人就会直接把剥好的玉米放在炉里，不必再自己残臂夹着玉米一只手剥皮。男人在这边顾客少时，马上就会到女人那边帮助翻烤盘上的毛蛋，帮助把各种调料盒里填满调料。烤炉旁和烤毛蛋的摊位旁温度都很高，男人只有一只手，只能用来干活，女人会不时帮助男人擦擦即将滴下的汗珠，男人会不时把家里带的茶水杯递给女人。两个人很少说话，却非常默契，都在尽自己最大的力量为对方多做一点。

我想，爱情大体应该就是这样子吧：热气腾腾时的烟火，彼此无须多语时的默契，相互依靠时由衷的温暖，尽力为对方多做时的心甘，携手共度余生时的温存。

愿这对与我不相识的小夫妻白头到老！

劳动节话劳动者

5月的熏风，带着泥土的气息，带着麦芽的芬芳，带着机器的轰鸣，带着淡淡的墨香，带着人们的欢笑……从田野里走来，从工厂里走来，从校园里走来，从写字间里走来……在广袤无垠的大地上，汇聚成一首激情澎湃的劳动者之歌。趁着劳动节放假，我静下心来，好好思考一个问题。

5月1日是劳动者自己的节日。那么，在我们国家，哪些人是劳动者？劳动者又该怎样对得起这个光荣的称号？这是关系国家安定团结和实现中国梦的大问题。

自古以来，国人对劳动者就存在着不同的认知。

我想起春秋时期，一些人对孔子的不公正看法。盗跖曾经指责孔子"不耕而食，不织而衣"；当时更有人嘲笑孔子四体不勤，五谷不分，不稼不穑。简直把孔子视为寄生虫。孔子开创儒家学派，辛苦办学，教育出弟子三千，贤人七十二，还整理《诗经》《尚书》，删订《春秋》，算不算劳动者呢？如果不算，那么今天所有教师与科研人员大概都不能算劳动者了，这明显是排斥脑力劳动者。

曾经有人问我：当官的是不是劳动者？这是当代人从职务方面对劳动者范畴提出的疑问。我回答：当然是。无论企业老总还是管理人员，也无论是乡、县基层国家行政机关还是中央国家行政机关的领导者，乃至国家领导人，他们都花费自己的心血，贡献自己的智慧，为人民造福，为国家谋利益，怎么会不是劳动者？至于"苍蝇""老虎"，那是他们个人背叛了人民，我们不能因此认为当官的就不是劳动者。

各个时代人们对劳动者的认知无不打上那个时代的烙印。我国经历了长期的农业社会，近代以来，大工业和科技的发展又一度落后，人们对劳动者的认知范围窄，有某些偏见，是不可避免的。新中国成立以来，尤其是改革开放以来，我国经济结构发生了显著变化，已经成为世界第二大经济体，为了长足发展，我们该给劳动者的概念注入新的观念和内容了。因此，我认为当今无论工业、农业、金融、教育、科研……无论脑力劳动还是体力劳动，无论官员还是农民工、自主创业者……只要劳心或者劳力，创造社会价值，利国利民，都应该是光荣的劳动者。

劳动者自然应该有劳动者的光荣感。

我们正在上下一心，努力实现中国梦。什么是中国梦？那是劳动者心里的彩虹。自然界的彩虹靠阳光和水汽成就，心里的彩虹要靠劳动者的汗水映出。在这样的大好时代，做一个中国的劳动者是无比光荣的。曾有一个农民工兄弟对我说："我不是官，不是老板，又没本事自主创业，只能打工养家，有什么光荣的？"我对他说："在我们这个人民当家做主的国家，劳动者只是分工不同，没有贵贱之分。你打工养家，同时也是为社会做贡献，当然光荣。其实从广义上说，国家主席、总理也是在打工。他们日夜操劳是为全国人民在打工，只是他们的责任更重，工作量更大，比我们更辛苦。"那个农民工兄弟露出了笑容。显然，他认同了我的话。

劳动者要有自己的责任感。

各行各业的劳动者都有自己的权利，更有自己的责任，每个劳动者都应该在自己的岗位上尽职尽责。王进喜、袁隆平都是我们永远的榜样。须知，劳动者流的汗水越多，我们心里的彩虹越能尽早挂上万里长空。

劳动者更要有大局观念。

当年，钱学森放弃在美国的优厚待遇，历经千难万险回国参加新中国建设，为我国的第一颗原子弹爆炸成功贡献自己的力量；老一辈革命家彭湃之子彭士禄，本是留学苏联学习化学的，但为祖国的需要，他听从党的安排，毅然回到祖国，从零开始，搞核潜艇研制；王进喜为了国家的石油业，从甘肃来到东北，宁可少活二十年，也要拿下大油田。这是何等高尚的大局观念啊！

劳动者改变了世界。

高尔基曾说："我们世界上最美好的东西，都是由劳动、由人的聪明的手创造出来的。"在茹毛饮血的原始社会，人类没有衣服、没有房屋、没有文字，不会生火做饭、不会耕种养殖、不会与人贸易，以鸟兽和草木为食，以羽毛和兽皮为衣，以洞穴为居。是劳动进化了人类，使人类越来越强大，越来越聪慧；是劳动者创造了历史，使中华有了五千年的灿烂文明；是劳动者改变了世界，使人类的物质越来越丰富，精神越来越充裕。

"长亭外，古道边，芳草碧连天"是一种人生；"凭栏处、潇潇雨歇"是一种人生；"到中流击水，浪遏飞舟"是一种人生；"默默无闻，无私奉献"也是一种人生。无论哪种人生，都离不开不同方式劳动的支撑，离不开劳动者最执着的追求。在充满真情的五月，请紧握住那些因劳动而格外闪光的双手，送上最真诚的祝福。

接力与希望

2021年,我们迎来了中国共产党成立一百周年,举国上下共同欢庆。中国共产党走过了一百年的光辉历程,始终不变的是全心全意为人民服务的宗旨。在党的旗帜下,涌现出许许多多优秀的中华儿女,前赴后继,为中华之强盛而奉献青春和生命。

与此同时,中国邮政储蓄银行也迎来了第十四个生日。邮储银行正式成立时间并不长,可它的历史却可以追溯到一百年以前。1919年中国邮政储蓄银行的前身邮政储金局成立,开办邮政储金业务。1942年邮政储金汇业局成为当时六大金融支柱"四行两局"的重要组成部分。1953年邮政储蓄业务停办,邮政继续办理汇兑业务。1986年邮政储蓄正式恢复开办。2007年,根据国务院金融体制改革的总体安排,在改革原邮政储蓄管理体制基础上,中国邮政储蓄银行有限责任公司挂牌成立。邮储百年历史迎来中国共产党百年华诞,忆往昔峥嵘岁月,我们邮储人更是以此为契机举办各种活动热烈欢庆。一个个欢庆的活动中,摄影师为我们留下一个个精彩难忘的瞬间。

大家把庆祝建党一百周年各种活动的精彩照片贴到了邮储银行哈尔滨市分行的墙体宣传板上。在众多的照片中,有一张照片深深吸引了我。照片的背景是邮储银行哈尔滨市分行的大门,墨绿色的标识闪烁着光芒,五名身着工装的员工站成一排,每人手中高举一面党旗,脸上洋溢着幸福的笑容。最边上的一名女员工手牵着一个四五岁的小男孩，小男孩手里也高举党旗，脸上纯真的笑容掩饰不住开心和喜悦。照片上面标注五个字——"接力与希望"。

是啊，是希望。员工的幸福就是企业的希望，全民的拥护就是中国共产党的希望，孩子从小对党的认知就是祖国的希望。一个有希望的民族不能没有英雄，一个有目标的党不能没有接力。手拿党旗，追往思今，放眼世界，迎来党的百年华诞，当知幸福的来之不易，当以兴我中华为己任。炎黄子孙自古有修身齐家治国平天下的远大抱负。少年是党的花朵，是党的希望，更是党的储备。少年智则国智，少年富则国富，少年强则国强，少年独立则国独立，少年自由则国自由，少年进步则国进步，少年胜于欧洲，则国胜于欧洲，少年雄于地球，则国雄于地球。

照片上高举党旗的小男孩是邮储员工家的孩子，未来或许他是某行业领域中的佼佼者，或许是优秀的中国共产党党员，或许是子承父业成为一名邮储员工，无论是哪种或许，今日这张照片一定会是他人生的指引，是他追求的目标。多年后，当他如我这般年纪再看到这张照片时，相信他会为年少时曾经高高举起党旗而自豪。

一个民族的文明进步，一个国家的发展壮大，需要一代一代人接力、努力。小男孩是今日的花朵，明日之栋梁，是我们民族梦想的延续和实现者。他是我们邮储人培养出的未来，他手中高高举起的党旗，更是中国共产党的接力与希望。

泰山峰顶的青松

泰山是著名的历史文化游览胜地，居五岳之首，自古有"泰山归来不看岳"之说。暑期休假，与朋友结伴去泰山游玩。

去泰山，自然少不了看泰山的日出。这要夜晚爬山四个多小时，提前到达泰山的最顶峰——玉皇顶，等待太阳的升起。戌时，我们来到泰山脚下的红门，准备从第一级台阶向上一路攀登。风寒露冷，不到二十分钟，我已经用租来的军用棉长衣把自己裹得紧紧的。一路上的疲惫和喘息，都是为了登上玉皇顶看那"红日初升，其道大光"的情景。可天公不作美，我们爬山的时候还是星光满天，到了山顶却阴云密布。一直焦灼地等到凌晨三点半多了，山顶有些蒙蒙放亮了，沉沉的阴云还没有散去。我知道，已经是太阳升起的时候。看来这次看日出是没戏了。

就在失意准备下山的瞬间，我惊奇地发现，玉皇顶最高处的悬崖上，有一棵高大的松树。那树，虬枝华盖，巍峨苍劲，气度端的不凡。我兴奋得一下子跳起来，一口气爬到这棵大松树下。仰望高高的树冠，遮天盖地，仅从树枝的缝隙中透出丝丝光亮，好不威严！更令人惊心动魄的是：那树的根在峭壁岩石的缝隙中一点点地向深扎。仔细看，有些根须在两石之间裸露出来后，又寻找到新的岩石缝继续扎下去。这根须的范围有多广呢？有明白人告诉我，树根须的直径是树冠直径的一倍半。天啊！这是多么顽强的生命力啊！

我看过大兴安岭的青松。那松树虽然也长在山上，然而大兴安岭山上是黑土，那黑土是在寒冷气候条件下，地表植物被长时间腐蚀而形成的，这种土壤以其有机质含量高、土壤肥沃、土质疏松而闻名。那山上的松树在这样肥沃的土地上，长得根深叶茂，枝粗干直，是再自然不过的事了。而泰山峰顶的青松却生在悬崖峭壁的石缝里。别的树木都难以扎根安身，它却扎根在山岩中，把根顺着石缝摸着爬着向下扎，树干却仍奋力向上挺拔，大有"欲与天公试比高"之势。这气魄，这毅力，岂是大兴安岭的松树可比？

我也看过黄山上的青松。黄山上的青松以妩媚见长，那里是江南，雨足土润，阳光充沛，每棵松树都秀美、优雅，宛如大家闺秀。再配以云海梦幻般的仙雾，那山上的青松又变得仙姿仙态，讨人喜欢。而泰山峰顶的青松却是在悬崖峭壁中，出身艰苦而卓然向上。风在它面前低头，雪在它面前无奈。如果说黄山松树是大家闺秀的气韵与仙风道骨的结合，那么泰山峰顶的青松则是"力拔山兮气盖世"的英雄气概与百折不挠的毅力的结合。不是吗？泰山峰顶的青松华盖蔽天，身躯伟岸，虬枝横溢，不正是盖世英雄的形象吗？它的根须，每在岩石缝中下扎一寸，都意味着奋战，甚至牺牲；它的虬枝，每个结节都是与风霜雷电搏斗的记录；它的树干每长高一分，都是负重和承担。看黄山松树，你享受的是婀娜多姿的秀美，而看泰山峰顶的青松，你享受的是力与气势的壮美啊！

比起大兴安岭和黄山上的松树，我当然更爱泰山峰顶的青松。著名书画家、国学大师巫祯来老先生早年有一首《咏松》的古诗："高枝戮太空，捧雪笑西风。万丈危崖上，根深百尺中。"我想，老先生一定是看了泰山峰顶的青松，才写得这样贴切、朴实吧。

站在泰山峰顶的松树下赞叹着、沉思着。我突然感到：这棵松树和我所从业的中国邮政储蓄银行，在精神上和形象上怎么这么相似啊！

中国邮政储蓄银行 2007 年 3 月 20 日正式挂牌成立，是在改革邮政储蓄管理体制的基础上组建的国有商业银行。与其他国有商业银行相比，邮储银行成立较晚，根浅底薄。其他国有商业银行早的已经成立六十余年，晚的也已经成立三十余年，资金雄厚，客源稳定。邮储银行想在群雄竞争的同行业中立足、扎根，不正像泰山峰顶的青松生长在悬崖，扎根在岩石缝吗？多么不易！

　　泰山峰顶的青松之所以有枝繁叶茂的生命力，是因为从扎根山崖石缝的那一刻起，不论在多么恶劣的环境下，都以苦为乐、以苦为荣，都根向下扎，干向上挺，枝条奋力拓展，用合力，用执拗的热度温暖着属于自己的梦想。而邮储银行成立初期，领导和员工们没有被艰苦和困难吓倒。领导亲下基层调查研究，果断地制定改革措施；员工们奋勇争先，知难而上。到2016年，短短的九个年头，中国邮政储蓄银行就在香港成功上市。上市半年，资产规模就达到8.54万亿元，在国有商业银行中排名领先。股市详情中评价邮储银行不但是内地最年轻的大型商业银行，也是内地领先的大型零售银行，拥有内地商业银行中最大的分销网络、客户基础和优异的资产质量。从成立到现在，邮储银行以直冲云霄、横空欲飞的态势，迎接着一个又一个的挑战，创造着一个又一个光辉。这种团结一心、艰苦创业、勇于创新、扎实工作的精神不正是泰山峰顶的青松的写照吗？

　　我爱泰山峰顶的青松！我爱我所从业的中国邮政储蓄银行！

我的故事

很多朋友问我：放着好好的电视台主播兼记者不做，为啥非要跳槽到金融系统？吃苦受累，还不多赚钱，图啥？

好，今天我就和大家讲讲我的故事。

2007年春分过后，我受县电视台的指派，去青山乡采访。这天，一早就飘起了雪花，路很滑。吃过早饭，我开车出发，车开出城门十多里路，就发现前面一辆小车翻进公路右侧的沟里。到近前一问，原来是县农业银行下乡的车，遇上迎面来的四轮车画龙似的闯过来，硬是把小车挤到路边翻下沟去，好歹人没伤着。农行司机得知我去青山乡，对我说："处理事故的交警还没到，看来我一上午脱不了身。"而后，他指着身边的一个姑娘说："这是我们农行的信贷员，叫张宇，着急去青山乡搞调查，麻烦你把她捎上吧！"我打量一下这个姑娘，她身穿一件红色羽绒服，脚蹬一双棉运动鞋，虽说长得细腰削肩，眉宇间却带着一股英气。

上了车，我问姑娘："你搭车信得过我吗？我是电视台的，叫……"

"你是大主播，县里的名人，谁不认得呀？搭你的车有啥不放心？"没等我说完，她一句话就封住了我的口。

没走多远，雪大起来了，风也大了，雪花像风吹柳絮，一团团地飘起来，车只能慢慢行驶。

我问："你到乡政府下车吗？"

177

她说:"是的,但下车后还要步行去大青山脚下的屯子搞调查。"

"调查什么?"

"调查怎么放贷款呀,顺便普及储蓄知识。"

我愕然了:"你们农行的贷款放不出去了吗?"

姑娘乐了:"要放出去还不容易?一撒手,几天就完事。可贷款要用在刀刃上呀,该给哪户贷,不该给哪户贷,一定要弄清楚。再说,对打算从事养殖业的客户,也得听听他们的规划,帮他们合计一下贷多少合适呀。"

我问:"围大青山一圈有五六个屯子,都去吗?"

她一笑:"不是五六个,是八个,都要去。"

我叹了一口气:"这么艰苦的地方,怎么能让一个姑娘去呢?太辛苦了!"

她说:"我们信贷员有分工,我负责青山乡一带;人家负责其他乡镇的,还有蹚河的呢。倒是有人分到平原乡镇,可是面积大呀,要起早贪黑才能跑完。干这行就这样,没有抱怨辛苦的。"

我说:"那也不用这么急呀!等天晴了再跑还不行吗?"

她连忙回答:"那可不行。春分都过一周了,过了清明就是谷雨,该种大田了。农户要及早贷到款才能张罗种子、化肥,不然,会违误农时的。"

听着张宇姑娘的话,我油然产生一种愧疚感。我这个当主播和记者的,几年来采访过那么多优秀的乡镇长,那么多优秀企业家,那么多优秀的工人、农民,可从没采访过一个金融行业的人。原来我心里想到的,眼里看到的,只是那些做出成绩的轰轰烈烈的行业和个人。而金融业呢?金融业的领导和职工呢?对于各行各业,他们是冬天里的火,送去温暖;是三伏天的风,送去清凉;是旱季的雨,滋润干旱的禾苗和心田。他们默默地辛苦劳作,心甘情愿地奉献,这是真正的幕后英雄啊!

两个小时后，车终于到了青山乡政府。

风和雪还是那么大。我不能再送她了，因为去大青山脚下没有行驶汽车的公路了，即使农行的司机来，也只能送她到这里，剩下的路还是要靠她自己步行。

姑娘下了车，道了声谢，还给我留下了她的电话号码，就急忙奔羊肠小路，朝大青山走去，从这里到山脚，最近的屯子还有十里路。

我也下了车，目送姑娘在风雪中渐渐远去的背影，我忽然觉得：那红色羽绒服包裹着的她，是一支火炬，一支燃烧着热情与希望的火炬。

从青山乡回来，我产生了一个念头：退出公众视线，默默做一个幕后英雄。正赶上两个月后县邮储银行公开招聘员工，我毅然向县电视台递交辞呈，通过报考应聘进入邮储银行，做了一名信贷员。

啥？你们还要问我后来的事？那我也不瞒你们了。一年多来，我在县邮储银行干得很舒心，工作成绩也不错。2008年"五一"节前夕，农行和邮储银行两家单位的领导和职工给我和张宇姑娘张罗了一个简单而又隆重的"婚礼"。哈哈……我俩竟组成了一个"金融之家"。

跋（一） 半吐风尘半续霞

溽暑蝉唱，雨打门庭，满目潇潇。此时，有幸拜读王云默女史之诗词散文作品，不觉心内也似跳起层层雨花，微漾人生世事的苦涩艰辛，又不乏心境与梦想的韶秀与剔透。捧卷不觉雨歇，好文字足令人不忍释手。

与王云默女史虽然几年前在哈尔滨召开的《金融文坛》读者见面会上只"见"过一"面"，但作为金融系统中人，同业同道，又同与文学为伍，却毫无生疏感，不免相惜。今邀我为其新著写点东西，是我之荣幸。我亦欣然，一茶一卷，赏雅品妙，权当吟友共勉。

我看云默女史的散文与诗词，可以借她的一句诗概括，"半吐风尘半续霞"：她的散文便是人世风尘点染的烟火人生，诗词便是红尘之上如梦如幻的美丽锦霞。

云默女史的散文源自自己的生活，取意尘世的一茶一饭，一段经历，一截过往，富于生活气息。她笔下的祖父、父亲是那样可亲可敬，祖父讲的"瞎话"尤其妙趣横生，祖父对小孙女的宠爱令人动容。这让我想起女作家萧红，"见面会"期间曾拜谒她呼兰河谷边的故园，故园里也有这样一位祖父伴过作家的童年。亲情留给孩子们人世最深的牵念，祖父对萧红和云默来说，是人生温暖的缘起也是归宿吧。

我们这一生所见所历的坎坷和幸福，就是最真的生活本身。作者借文字用心记录这样的生活，无论是宠爱她的母亲过早离世对一个孩子的心灵与情感冲击，还是《抛弃》里无奈于命运的"扫把奶奶"、《烤玉米的小夫妻》中相濡以沫的普通男女；无论是童年的故乡与老屋、穿过牌楼的红桃酥，还是作者自身对生活与事业的选择与勇气，无一不带着烟火气息的世故人情——呈现在读者眼前。对生活的爱，对亲情的眷，对自然的恋，对时光流逝的无奈，对人世蹭蹬的豁然，这些元素共同浮现在作者流畅自然的文字里，再现出生活该有的样子。

与散文相比，我更为欣赏云默诗词创作的才华，或许是我也写诗词的缘故，对诗词之美更为敏感，更为亲切。诗，在作者笔下，在梦与真之间灿如绮霞。

云默的诗词意象丰美，清丽、清新，如诗如画。她写梦里的故乡是这样的：杏含羞媚枝传舞，柳载婀娜絮吐情。紫燕寻根恬旧筑，娇鹂咏翠慕新菁。（《梦故乡》）故乡作为生命的原乡会永驻心中，永驻诗中，杏羞柳袅，燕恬鹂咏，故乡是作家创作的不竭源泉，是激发灵感的情窦渊薮。为了故乡，我们舍得用最美的笔墨和诗情来表达。

云默诗词内涵隽永，表达心灵的感悟和超脱。很欣赏她的《画藕》一诗：

慰酒修诗自饮斟，微醺挥笔画荷根。

青花自古风流赞，白藕千疮只我闻。

人人争爱赏花，少有人画藕，而画藕者，也不过一时闲情，谁人解它的千疮百孔？托物言志，文之使命。诗人借藕心千疮来表达人生的坎坷与伤痛，表达对苦痛者的共情与疼惜。不经曲折，就难得"冰心独嗅待梅香"（《送秋》）的洒脱，不经磨难，也求不得"红尘美梦谁长久？

时拭禅台莫染灰"（《寺院抒怀》）的明心见性。所以磨难也是生活的馈赠，并丰富着我们的人生。

云默虽为女作家，创作中却不乏大气襟怀，这尤其令人瞩目。她的文学功底过硬，诗词创作张弛有度，写得出《忆江南·晨》这样的旖旎风流的小景：

啾啾鸟，惊扰复虚眠。君在堂前吟日月，妾闻柔步挑珠帘。揭醒梦空景。

亦能大张笔力，写出《西江月·岳飞墓怀古》这样大气磅礴不逊须眉的豪迈：

重整山河断祚，风波犹念失州。临安政客擅权筹，覆雨翻云输透。
自古奸臣遮垢，汗青永载清流。潮来江水几回眸，浪打礁石依旧。

心灵的畅达包容成就作品的脱俗质地。"半吐风尘半续霞"，展示的是情感与心灵的跨度，突破性别局限，敢写大爱大恨、大山河、大局面，勇于展露个人精神风貌与出色才华，正是作者创作的魅力所在。

涵泳云默诗词，不禁想起培根在《培根随笔》中说的一句话："读诗使人灵秀。"只有作者具备敏锐的感受能力和细腻的审美能力，才能写出玲珑毓秀的诗作，才能让读者从隽秀的诗作中感受到诗词的奇美和永恒魅力。

心有多寥廓，路途就有多远阔。掩卷之余，唯祝愿云默女史的文学创作之路越走越远，继续以纷呈的作品写尽红尘万千，写尽情怀与梦想，为金融文学的繁荣与发展再铺锦绣！

范振斌
2022 年 7 月 8 日于京华傍梨斋

范振斌，字苏宾，号老院居士，1982 年毕业于东北财经大学。中华诗词学会、中国楹联学会会员，中国金融作家协会理事。

跋（二）

王云默是从黑土地走出来的一位诗人、散文家，另外还是一位不错的书法家。她在繁忙的工作之余，洞察世事，思考人生，辛勤笔耕，成果丰硕。

我与云默是从业于邮储银行的同事，也曾在一个部门工作过。对于她的文学爱好，我是持欣赏和鼓励态度的。这次，她把即将付梓的书稿送给我看，并要求我为其写跋，我还是有些压力的。但读了云默的文稿，我却耳目一新，隐隐地感到，这将是黑龙江金融文坛即将绽放的又一束璀璨的花朵。

云默的新作《云默诗文》专辑，精选了两部分：一部分是散文，另一部分是诗词。在散文部分，虽然她写的是散文，但其中蕴藏着诗的神韵。从这些精选出来的散文中，仍能够看出满储着那一种诗意。由此可见，云默所写的散文是成功的。

我读云默的散文作品时就有所感觉，云默的散文，简单明了、干净透彻、通俗易懂，读着不累。之所以能取得如此的成就，从思想立意上说，她的散文核心就是一个"真"字，用真挚的情感，写真实的见闻和感受，记写真实的景物，发表真实的议论。

如果你细读云默的散文，很易发现，她写的只是一些家常琐事，虽然像淡香疏影似的几笔，却常能把那真诚的灵魂捧出来给读者看。像

《久违的故乡》所写的是对母亲的思念,但透过细节的描写,我们发现,这里既有浓浓的亲情牵扯,又有深深的创伤,突出了作者对故乡的矛盾心理。"我既怕看到故乡,又想仔细地看看故乡,就好像人对伤口的感觉,碰了怕痛,不碰还总惦记。""车子发动了,故乡就像我飞起的长发,随着不得不前行的惯性,被风吹到了身后,不得回头。远处的夕阳仿佛是绝望后的狂笑,迸出了一抹血色。它也曾在正午时晒得我脸上滚烫,羞得我用太阳帽遮起面颊。然而,终究还是凉下去了,凉下去了……那最后一丝的温暖,拽着故乡远处的山,如烟熏般昏黄无比。"

像《故乡老屋》,看似是对老屋的追忆,实际上通过对老屋的描写,写出的是母爱、父爱,童年的欢乐和家的温暖。"老屋卖掉了,房子不再属于我了,我深深地明白,无论将来的我做多少付出,尽多少努力,再也无法找回这人生来处的根,再也无法找回那纯真的童年快乐,再也无法找回那最有安全感的家。"

透过此等篇章,又能够看出云默的文章内容结合了时代背景,是真实存在的。而写景状物一类,像《穿过牌楼的红桃酥》《藕花深处》《泰山峰顶的青松》看似在写景物,其实更多的是在写人文和作者内心的独白。不论写什么景物,作者追求"状难写之景,如在目前"。从艺术表现上来讲,云默的散文有两个突出的方面:第一,散文中写出了情致。作为她的老同事和文友,我认为,云默的作品不论叙述、描述,还是议论、抒情,都恰到好处,十分难得。第二,语言的清秀隽永。云默散文之所以耐读,并有长久的生命力,语言好是一个重要条件。她散文的语言,被协会内部不少作家交口称赞。形容她的语言,有人用"秀丽",有人用"清秀",也有人用"清幽"。总之,都离不开"清""秀"二字,因此我会用"清秀隽永"来概括。其实,云默的散文语言,是由书面化渐渐转变为口语化的,这也使她的作品通俗易懂,善于表达思想情感。

这部作品还有许多感人的文章,如《烤玉米的小夫妻》从一件小事中，能够悟出一个大道理，这些都是靠平时的积累呀！

清茶是淡香的，咖啡是苦涩的，美酒是辛辣的，它们虽然味道不同，但都能给人带来完美的享受，让人回味无穷。而《云默诗文》中的文章，有的似清茶，有的像咖啡，有的更像是一杯醇醇的美酒。

说实在的，谈到云默的诗词，我有些忐忑。一是怕自己愚钝，误解了她和她的诗；二是怕"代沟"作祟，让云默与我相互误读。因此，从很大程度上讲，解读她的诗词是等于在冒险。

我读云默的诗词，感觉要理解她的诗词，需要解读几个关键词。第一个关键词是"思考"。有人问过我："青春到底是什么？"我想来想去，最后告诉他：青春就是亢奋和迷茫的"水稻杂交"。亢奋源于生理，而迷茫则归于心理。"我是谁，我从哪里来，我到哪里去？"这样的追问不应是哲学家的专属，也是每个人的权利，诗人当然概莫能外。在这本专辑的诗词部分，我们很容易发现"理由""痕迹""生活""呼喊""什么"之类的意境。这些意境说明什么？说明在作为诗人的云默这里，诗词并非简单的宣泄，而是清理。问生命是清理人生路途上的"褶皱"，过人世则是清理人生道路上的"阻滞"，寄望于通过"简单"和"朴素"，寻找存在的意义。很显然，这样的寻找高于痛哭流涕，哀鸿遍野，却又低于沉默。所以，诗人总在困顿中，总在期望中，总在不满中"最是琼花恋旧尘，晶莹入世为求真。炎凉铺尽苍茫路，清泪无声润碧荫"。这就是作为诗人的云默，在诗中思考留下的"痕迹"，同时也是云默不同于"80后""呐喊派"诗人的地方。诗词是沉静的艺术，我认为在创作之初，云默就有意无意地走在了如此"广袤"而诗意的土地上。

云默诗词的第二个关键词是"回忆"。回忆是青春在思考中的一种存在方式，通过回瞰刚刚走过的生活和稍远一点的故乡，诗人完成了一种建构，找到了追问之后的一块栖息地。回忆的内容主要包括两方面：一是青春，二是故乡。在云默看来，青春无论如何都是一个"动词"，爱着、闷着、忧伤着、欢愉着甚至乱着……"芭蕉乱影半遮窗，远客秋深夜冷裳。别绪乡愁唯祭月，滴滴玉漏断人肠。""绿水柔光淡落英，桃花林下慕清风。涓涓逝水流不尽，引我吐诗哀此生。"这个结论首先建基于她对经历过的亲情回忆，假设人生没有爱，那假设本身就已失去了意义。在这一点上，诗人和俗人高度一致，诗人用大俗演绎了终极意义上的大雅。同样的含蓄，同样的失落，同样的憧憬。当然，诗人和所有人一样，在现实中把情感还给现实，还给生活。从这一点上来说，我喜欢云默在诗中的这种态度，所以我相信她的感性人生一定具备真正的诗意。

把故乡当作自己的第二情人，这不是我的发明，也不是云默的，这是普天之下所有人的"通病"。"梦"是故乡留给云默的一个记号，是她恋乡的全部语言。"落日昔年别故里，漂泊几载客冰城。少陵仍绕乡山翠，驿马图腾梦总青。"我发现，把这些含着体温的诗行文字连缀起来，诗人的痛苦与幸福正好痛快地缠绕在指间。"一梦故园青。辗思旧画屏。莫空惜、白发新增。纵马春光游紫陌，待沽酒、慰平生。"故乡仅仅用于怀想，从此不再停留——与我们的经历高度一致，故乡的命运，其实就是人生的曾经，是我们终生不曾抵达的梦境。

云默诗词的第三个关键词是"简单"。这个词是内容，也是形式。"花命亦如人命薄，败草塞塘腥做波。芙蓉出水婷婷立，清归清兮浊归浊。"寥寥数语，云默让我们看到了"远"和"近"，看到了起点和终点。在我看来，最优美的诗词语言，应该是有质感的那些字词，有节奏的那些句子，以及有距离的那些意象。那些字词、句子、意象集合在一起，就形成了一首首诗词，其主题就叫"简单"。我确信，从操作层面上探视，云默写诗用的一定是"减法"，这里边自有生活的"辩证法"。年龄递增，诗作数量递减；生命的恐慌递增，句式递减；人世的无奈递增，入诗的意象递减；想说的递增，说出来的递减……

纵观云默的这部文集，散文、诗词，作为天生的"尤物"，在她的举手之间，所有左拥右抱的妄想都已达成，包括少数的以泪洗面和作为多数的兰心蕙质、清新励志。

这，就是青年作家王云默和她的新书《云默诗文》所给予我们的力量。

刘世胜
2022 年 7 月于云南昆明

刘世胜，中国金融作家协会会员，黑龙江省作家协会会员，哈尔滨市文学艺术评论学会会员，黑龙江金融作家协会副主席。

跋（三） 风霜跌宕三千日　始得东风一面真

　　欣闻云默的第一本诗文作品即将付梓，由衷地替她感到欢喜。这本书的出版，不仅是她近年来埋头学习勤奋创作的一个里程碑式的小结，更是她在人生路途上奋进拼搏砥砺前行的一段逆旅。在众多斑斓如画的诗文中，既有对故乡家园的眷恋和不舍，也有对几度年华的追忆和回味。既有对人生艰难的慨叹和不屈，又有对命运波澜的自信和回应。十多年的曲折经历和自强不息的诗人本色，在当前她的同龄人当中是不多见的。也可以说，她把自己的前尘往事和感悟抒怀，揉作一曲如泣如诉、如梦如歌的命运交响曲，用诗、文两种文学体裁，进行了日月间诸多春华秋实的记录与刻画，读来犹如一本厚厚的日历，在朴实平淡与穿梭交织中，将一点一滴的生活元素与辛酸苦辣融合在一起。在不知不觉的牵引中，将读者带入种种或华美，或深沉，或凄美，或悲壮的佳境。这种文字间跳荡渗透的共鸣，也正是她的诗文作品以独有的意境摄人心魄的魅力所在。

　　"惬舞银姿落，风飘咏絮魂。借来仙露蕊，轻叩玉人门。"这是对初雪的动人刻画。后两句一个"借"一个"叩"，在丰富的想象中，尽情抒发了北方人独有的冰雪情怀，细致入微，夺人眼球。

　　"昨夜香魂已破晨，屡轻露嫩隔雾分。错疑寂寞开无主，自省情怀本是真。"这首咏荷更是寓情于景，以荷赋人，浅抒哲理中将荷之本色跃然纸上。

其实我个人认为，云默的诗词作品中应该是词作犹胜一筹。

丑奴儿·送别

堤边折柳君轻驻，知己相惜。知己相惜，倾倒金觞未剩滴。
弦音欲送琵琶语，泪眼迷离。泪眼迷离，暮色阳关叠韵凄。

试看这首送别词：别致感人，凄婉悠长。在金觞、琵琶、泪眼与暮色的场景设置中，把离情别怨刻画得如此生动有味，令人读来几近泪目。在古典诗词的无尽韵味中，由衷地体味到作者是用自己的心去写作，岂能不打动人心？

诉衷情·昭君

当年都苑逸娇花，云鬓染朝霞。西风血马千里，垂泪入胡涯。
关外雪，塞边砂，怨中笳。最堪怜处：青冢荒丘，犹梦归家。

这是另一首能够抚动人心弦的力作，以其丰富的历史知识和文化背景，如电影中蒙太奇般艺术手法，由远及近，由物及人，由景及情。最后两句，在青冢荒丘的衬映中，将昭君梦中归家的无尽情怀融化在大漠边关的雪、砂、笳中。毫不夸张地说，真的有一种不逊古人的感觉！

此类种种，在云默的诗词作品中不胜枚举，就不一一评价了。她之所以在词的创作中达到如此高度，一是与她十几年的勤学苦练密不可分，不然也不会在中华诗词学会和省诗协、大连诗协诸多诗词权威机构中崭露头角。二是与她深厚的文化底蕴的积累相关。她博览群书，触类旁通，为诗词的创作打下了坚实的基础，才做到了今天的厚积薄发。三是她对中国古典文化的挚爱与追求使然。她对宋词的热爱达到了痴迷的程度，这成了她自己生活中不可或缺的一部分。心有所依，必有成果！

虽然对云默来说，诗文创作的道路还很漫长，但我相信，这个浑身上下充满了灵气与聪慧的东北诗人，一定会继续带给人们更多的惊喜！

期待！

隋昕

2022 年 7 月于雅心斋

隋昕，中华诗词学会会员。